名家散文必讀系列

蕭紅

蕭紅　著

中華教育

目錄

火燒雲

導讀：

本文選自《呼蘭河傳》第一章第八節。蕭紅最好的作品幾乎都取材於童年的故鄉，在她「半生盡遭白眼冷遇」的淒涼一世裏，童年雖已埋伏下未來坎坷不幸的起源，但也有幸福和溫暖的因子在閃光，這些閃光雖然寥落，卻成就了蕭紅對世界和生命博大深沉的愛。其中最具有代表性並成為現代文學史上的經典的，便是這部《呼蘭河傳》。

文章裏不斷寫到牛羊雞犬，花草蟲鳥，草堆柴垛，彷彿是瑣屑的，卻因蕭紅投入了全部的感情，熔鑄了一種風格，而成為小說中不可或缺的構成元素，它們攜帶着濃厚的鄉土氣息和蕭紅獨特的生命體驗，將《呼蘭河傳》烘托得饒富天趣。茅盾稱「它是一篇敍事詩，一幅多彩的風景畫，一串悽婉的歌謠」，與這些俯拾皆是的小景致是不無關係的。而其為詩，為畫，為歌謠，自然也是蕭紅隨意透迤、自由婉轉的筆墨所直接促成。這景致和筆墨中就有火燒雲。

蕭紅筆下的火燒雲是有聲有色的，而且時刻在變化中，蕭紅自由無羈的想像更賦予了這雲萬千形色。這是荒寒枯寂的故鄉一道美麗的風景，它不僅為了無生趣的人們（尤其是孩子）帶來了無窮樂趣，而且昭示了另一個不一樣的世界，一個自由美麗的世

界。火燒雲成為美的象徵。蕭紅帶着深情和眷戀去寫它，筆墨間一片天真，彷彿是孩子用稚嫩的語言在講述一個傳奇。

　　與人事的殘酷相比，自然界是温柔善良的，它這樣浸潤着蕭紅落寞的童年記憶，並一直照耀着她成年後被拋入的世界，多少年後，在他鄉的香港，貧病交困的蕭紅依然固執地將目光投向這裏。

晚飯一過，火燒雲就上來了，照得小孩子的臉是紅的，把大白狗變成紅色的狗了，紅公雞就變成金的了，黑母雞變成紫檀色的了。餵豬的老頭子，往牆根上靠，他笑盈盈地看着他的兩匹小白豬，變成小金豬了，他剛想說：

「你們也變了……」

他的旁邊走來了一個乘涼的人，那人說：

「你老人家必高壽，你老是金鬍子了。」

天空的雲，從西邊一直燒到東邊，紅堂堂的，好像是天着了火。

這地方的火燒雲變化極多，一會紅堂堂的了，一會金洞洞的了，一會半紫半黃的，一會半灰半百合色。葡萄灰、大黃梨、紫茄子，這些顏色天空上邊都有，還有些說也說不出來的，見也未曾見過的，諸多種的顏色。

五秒鐘之內，天空裏有一匹馬，馬頭向南，馬尾向西，那馬是跪着的，像是在等着有人騎到牠的背上，牠才站起來的。再過一秒鐘，沒有甚麼變化。再過兩三秒鐘，那匹馬加大了，馬腿也伸開了，馬脖子也長了，但是一條馬尾巴卻不見了。

看的人，正在尋找馬尾巴的時候，那馬就變沒了。

忽然又來了一條大狗，這條狗十分兇猛，牠在前邊跑着，牠的後面似乎還跟了好幾條小狗仔。跑着跑着，小狗就不知跑到哪裏去了，大狗也不見了。

又找到了一個大獅子，和娘娘廟門前的大石頭獅子一模一樣的，也是那麼大，也是那樣地蹲着，很威武的，很鎮靜地蹲着，牠表示着蔑視一切的樣子，似乎眼睛連甚麼也不

睞，看着看着地，一不謹慎，同時又看到了別一個甚麼。這時候，可就麻煩了，人的眼睛不能同時又看東，又看西。這樣子會活活把那個大獅子糟蹋了。一轉眼，一低頭，那天空的東西就變了。若是再找，怕是看瞎了眼睛也找不到了。

大獅子既然找不到，另外的那甚麼，比方就是一個猴子吧，猴子雖不如大獅子，可同時也沒有了。

一時恍恍惚惚的，滿天空裏又像這個，又像那個，其實是甚麼也不像，甚麼也沒有了。

必須是低下頭去，把眼睛揉一揉，或者是沉靜一會再來看。

可是天空偏偏又不常常等待着那些愛好它的孩子，一會工夫火燒雲下去了。

放河燈

◖ 導讀：

　　本文節選自《呼蘭河傳》第二章第二節。與《火燒雲》一節璞玉一般的天真氣質不同，《放河燈》雖然也仍以孩子的視角寫了鄉村盂蘭會放河燈的景象，但已然處於成人目光的注視下，融入了深刻的生命意識。河面上是「金忽忽的，亮通通的」，「真是人生何世，會有這樣好的景況」，但漸漸「荒涼孤寂」，讓人「內心裏無由地來了空虛」，覺得一切都「冷落了起來」，然而「月亮還是在河上照着」，也照着眾庶生之荒誕與死之無常。蕭紅望向這樣廣大一羣寂寞的生和寂寞的死，生命沒有價值，只在無謂的習慣中漸漸耗損，生與死二者間似乎並沒有根本的不同。作為現代鄉土小說家，蕭紅的深刻性和獨特性在於：她對人的生命與存在等一些根本性的人生命題有着執着而痛切的關注。

　　《放河燈》中從習見的生活習俗中觀照生命的起源與終點，從日常的生存方式中挖掘出生之寂寞與麻木，生命的浪費與萎縮，人性的扭曲與泯滅，存在的虛無與絕望。這樣深切的鞭撻，如匕首和刀槍一樣的力度，卻出之以淡淡的不動聲色的語言，蕭紅的筆致確實是「越軌的」（魯迅語），但她的價值也部分體現在這裏。她不會振臂高呼，不會濃墨重彩，沒有書寫史詩的野心，但她的痛和愛卻絲毫沒有減弱，鞭撻的力度和理想的情懷絲毫沒有

減弱。她是燃燒自己的生命投入到這樣的寫作中，也因此成為現
代文學史上的「這一個」。

七月十五盂蘭會，呼蘭河上放河燈了。

河燈有白菜燈、西瓜燈，還有蓮花燈。和尚、道士吹着笙、管、笛、簫，穿着拼金大紅緞子的褊衫[1]，在河沿上打起場子來在做道場。那樂器的聲音離開河沿二里路就聽到了。

一到了黃昏，天還沒有完全黑下來，奔着去看河燈的人就絡繹不絕了。大街小巷，哪怕終年不出門的人，也要隨着人羣奔到河沿去。先到了河沿的就蹲在那裏。沿着河岸蹲滿了人，可是從大街小巷往外出發的人仍是不絕，瞎子、瘸子都來看河燈（這裏説錯了，唯獨瞎子是不來看河燈的），把街道跑得冒了煙了。

姑娘、媳婦，三個一羣，兩個一伙，一出了大門，不用問，到哪裏去，就都是看河燈去。

黃昏時候的七月，火燒雲剛剛落下去，街道上發着顯微的白光，喊喊喳喳，把往日的寂靜都沖散了，個個街道都活了起來，好像這城裏發生了大火，人們都趕去救火的樣子。非常忙迫，踢踢踏踏地向前跑。

先跑到了河沿的就蹲在那裏，後跑到的，也就擠上去蹲在那裏。

大家一齊等候着，等候着月亮高起來，河燈就要從水上放下來了。

七月十五日是個鬼節，死了的冤魂怨鬼，不得脫生，纏綿在地獄裏邊是非常苦的，想脫生，又找不着路。這一天若

① 褊（biǎn）衫，一種僧尼服裝。開脊接領，斜披在左肩上，類似袈裟。

是每個鬼托着一個河燈，就可得以脫生。大概從陰間到陽間的這條路，非常之黑，若沒有燈是看不見路的。所以放河燈這件事情是件善舉。可見活着的正人君子們，對着那些已死的冤魂怨鬼還沒有忘記。

但是這其間也有一個矛盾，就是七月十五這夜生的孩子，怕是都不大好，多半都是野鬼托着個蓮花燈投生而來的。這個孩子長大了將不被父母所喜歡，長到結婚的年齡，男女兩家必要先對過生日時辰，才能夠結親。若是女家生在七月十五，這女子就很難出嫁，必須改了生日，欺騙男家。若是男家七月十五的生日，也不大好，不過若是財產豐富的，也就沒有多大關係，嫁是可以嫁過去的，雖然就是一個惡鬼，有了錢大概怕也不怎樣惡了，但在女子這方面可就萬萬不可，絕對的不可以；若是有錢的寡婦的獨養女，又當別論，因為娶了這姑娘可以有一份財產在那裏晃來晃去，就是娶了而帶不過財產來，先說那一份妝奩也是少不了的。假說女子就是一個惡鬼的化身，但那也不要緊。

平常的人說：「有錢能使鬼推磨。」似乎人們相信鬼是假的，有點不十分真。

但是當河燈一放下來的時候，和尚為着慶祝鬼們更生，打着鼓，叮咚地響；唸着經，好像緊急符咒似的，表示着這一工夫可是千金一刻，且莫匆匆地讓過，諸位男鬼女鬼，趕快托着燈去投生吧。

唸完了經，就吹笙管笛簫，那聲音實在好聽，遠近皆聞。

同時那河燈從上流擁擁擠擠，往下浮來了。浮得很慢，

又鎮靜、又穩當，絕對的看不出來水裏邊會有鬼們來捉了它們去。

這燈一下來的時候，金忽忽的，亮通通的，又加上有千萬人的觀眾，這舉動實在是不小的。河燈之多，有數不過來的數目，大概是幾千百隻。兩岸上的孩子們，拍手叫絕，跳腳歡迎。燈光照得河水幽幽地發亮，水上跳躍着天空的月亮。真是人生何世，會有這樣好的景況。

一直鬧到月亮來到了中天，大昴星、二昴星、三昴星齊了的時候，才算漸漸地從繁華的景況，走向了冷靜的路去。

河燈從幾里路長的上流，流了很久很久才流過來了，再流了很久很久才流過去了。在這過程中，有的流到半路就滅了，有的被沖到了岸邊，在岸邊生了野草的地方就被掛住了。還有每當河燈一流到了下流，就有些孩子拿着竿子去抓它，有些漁船也順手取了一兩隻。到後來河燈越來越稀疏了。

再往下流去，就顯出荒涼孤寂的樣子來了。因為越流越少了。

流到極遠處去的，似乎那裏的河水也發了黑。而且是流着流着地就少了一個。

河燈從上流過來的時候，雖然路上也有許多落伍的，也有許多淹滅了的，但始終沒有覺得河燈是被鬼們托着走了的感覺。

可是當這河燈，從上流的遠處流來，人們是滿心歡喜的，等流過了自己，也還沒有甚麼，唯獨到了最後，那河燈流到了極遠的下流去的時候，使看河燈的人們，內心裏無由

地來了空虛。

「那河燈，到底是要漂到哪裏去呢？」

多半的人們，看到了這樣的景況，就抬起身來離開了河沿回家去了。

於是不但河裏冷落，岸上也冷落了起來。

這時再往遠處的下流看去，看着，看着，那燈就滅了一個。再看着看着，又滅了一個，還有兩個一塊滅的。於是就真像被鬼一個一個地托着走了。

打過了三更，河沿上一個人也沒有了，河裏邊一個燈也沒有了。

河水是寂靜如常的，小風把河水皺着極細的波浪，月光在河水上邊並不像在海水上邊閃着一片一片的金光，而是月亮落到河底裏去了。似乎那漁船上的人，伸手可以把月亮拿到船上來似的。

河的南岸，盡是柳條叢，河的北岸就是呼蘭河城。

那看河燈回去的人們，也許都睡着了，不過月亮還是在河上照着。

娘娘廟

◖ 導讀：

　　本文節選自《呼蘭河傳》第二章第四節。《呼蘭河傳》讓蕭紅
找到了觀照和書寫自己故鄉的最佳方式，在這部詩化小說裏，蕭
紅讓自己融化在故鄉和童年中。她回憶了故鄉的風景、人情、習
俗，娘娘廟大會算是其中一件盛事。句式照舊是自由散漫的，語
言如清水般四處流去，沒有刻意雕琢，卻漾開蕭紅帶有個人深刻
生命印記的情感。

　　這一節中，蕭紅又以娘娘廟和老爺廟相比照，以諷刺揶揄的
筆法，集中刻畫了男性對女性的控制、欺壓，對男性以性別優勢
欺辱女性、妄自尊大的行為和根由予以諷刺和批判。這些文字是
滾燙的，帶着蕭紅生命的溫度。她生活在封建的地主家庭中，從
小不被重視，後為反抗包辦婚姻離家出走，但並沒找到自由解放
的道路，在日後的流浪和寫作生涯中，她依然發現男女間的不平
等無處不在，深感女性的弱勢和男權的霸道，蕭紅說：「我所有
的不幸都因為我是一個女人。」作為女性，蕭紅是飽嘗了這一性
別帶來的磨難；作為一個女性作家，她卻因這一性別而受益，在
女性文學史上，蕭紅將是濃墨重彩的一筆；她更超越了性別的區
隔，成為現代文學史上熠熠生輝的經典作家。

　　四月十八娘娘廟大會，這也是為着神鬼，而不是為着人的。

　　這廟會的土名叫做「逛廟」，也是無分男女老幼都來逛的，但其中以女子最多。

　　女子們早晨起來，吃了早飯，就開始梳洗打扮。打扮好了，就約了東家姐姐、西家妹妹的去逛廟去了。竟有一起來就先梳洗打扮的，打扮好了，才吃飯，一吃了飯就走了。總之一到逛廟這天，各不後人，到不了半晌午，就車水馬龍，擁擠得氣息不通了。

　　擠丟了孩子的站在那兒喊，找不到媽的孩子在人羣裏邊哭，三歲的、五歲的，還有兩歲的剛剛會走，竟也被擠丟了。

　　所以每年廟會上必得有幾個警察在收這些孩子。收了站在廟台上，等着他的家人來領。偏偏這些孩子都很膽小，張着嘴大哭，哭得實在可憐，滿頭滿臉是汗。有的十二三歲了，也被丟了，問他家住在哪裏？他竟說不出所以然來，東指指，西劃劃，說是他家門口有一條小河溝，那河溝裏邊出蝦米，就叫做「蝦溝子」，也許他家那地名就叫「蝦溝子」，聽了使人莫名其妙。再問他這蝦溝子離城多遠，他便說：騎馬要一頓飯的工夫可到，坐車要三頓飯的工夫可到。究竟離城多遠，他沒有說。問他姓甚麼，他說他祖父叫史二，他父親叫史成……這樣你就再也不敢問他了。要問他吃飯沒有？他就說：「睡覺了。」這是沒有辦法的，任他去吧。於是卻連大帶小的一齊站在廟門口，他們哭的哭，叫的叫，好像小獸似的，警察在看守他們。

　　娘娘廟是在北大街上，老爺廟和娘娘廟離不了好遠。那些燒香的人，雖然說是求子求孫，是先該向娘娘來燒香的，但是人們都以為陰間也是一樣的重男輕女，所以不敢倒反天干，所以都是先到老爺廟去，打過鐘，磕過頭，好像跪到那裏報個到似的，而後才上娘娘廟去。

　　老爺廟有大泥像十多尊，不知道哪個是老爺，都是威風凜凜，氣概蓋世的樣子。有的泥像的手指尖都被攀了去，舉着沒有手指的手在那裏站着，有的眼睛被挖了，像是個瞎子似的。有的泥像的腳趾是被寫了一大堆的字，那字不太高雅，不怎麼合乎神的身份。似乎是說泥像也該娶個老婆，不然他看了和尚去找小尼姑，他是要忌妒的。這字現在沒有了，傳說是這樣。

　　為了這個，縣官下了手令，不到初一十五，一律地把廟門鎖起來，不准閒人進去。

　　當地的縣官是很講仁義道德的。傳說他第五個姨太太，就是從尼姑庵接來的。所以他始終相信尼姑絕不會找和尚。自古就把尼姑列在和尚一起，其實是世人不察，人云亦云。好比縣官的第五房姨太太，就是個尼姑，難道她也被和尚找過了嗎？這是不可能的。

　　所以下令一律地把廟門關了。

　　娘娘廟裏比較的清靜，泥像也有一些個，以女子為多，多半都沒有橫眉豎眼，近乎普通人，使人走進了大殿不必害怕。不用說是娘娘了，那自然是很好的溫順的女性。就說女鬼吧，也都不怎樣惡，至多也不過披頭散髮的就完了，也決沒有像老爺廟裏那般泥像似的，眼睛冒了火，或像老虎似的

張着嘴。

不但孩子進了老爺廟有的嚇得大哭，就連壯年的男人進去也要肅然起敬，好像説雖然他在壯年，那泥像若走過來和他打打，他也決打不過那泥像的。

所以在老爺廟上磕頭的人，心裏比較虔誠，因為那泥像，身子高、力氣大。

到了娘娘廟，雖然也磕頭，但就總覺得那娘娘沒有甚麼出奇之處。

塑泥像的人是男人，他把女人塑得很温順，似乎對女人很尊敬。他把男人塑得很兇猛，似乎男性很不好，其實不對的，世界上的男人，無論多兇猛，眼睛冒火的似乎還未曾見過。就説西洋人吧，雖然與中國人的眼睛不同，但也不過是藍瓦瓦的有點類似貓頭鷹的眼睛而已，居然間冒了火的也沒有。眼睛會冒火的民族，目前的世界還未發現。那麼塑泥像的人為甚麼把他塑成那個樣子呢？那就是讓你一見生畏，不但磕頭，而且要心服。就是磕完了頭站起再看着，也絕不會後悔，不會後悔這頭是向一個平庸無奇的人白白磕了。至於塑像的人塑起女子來為甚麼要那麼温順，那就告訴人，温順的就是老實的，老實的就是好欺侮的，告訴人快來欺侮她們吧。

人若老實了，不但異類要來欺侮，就是同類也不同情。

比方女子去拜過了娘娘廟，也不過向娘娘討子討孫。討完了就出來了，其餘的並沒有甚麼尊敬的意思。覺得子孫娘娘也不過是個普通的女子而已，只是她的孩子多了一些。

所以男人打老婆的時候便説：

「娘娘還得怕老爺打呢，何況你一個長舌婦！」

可見男人打女人是天理應該，神鬼齊一。怪不得那娘娘廟裏的娘娘特別溫順，原來是常常挨打的緣故。可見溫順也不是怎麼優良的天性，而是被打的結果，甚或是招打的原由。

兩個廟都拜過了的人，就出來了，擁擠在街上。街上賣甚麼玩具的都有，多半玩具都是適於幾歲的小孩子玩的。泥做的泥公雞，雞尾巴上插着兩根紅雞毛，一點也不像，可是使人看去，就比活的更好看。家裏有小孩子的不能不買。何況拿在嘴上一吹又會嗚嗚地響。買了泥公雞，又看見了小泥人，小泥人的背上也有一個洞，這洞裏邊插着一根蘆葦，一吹就響。那聲音好像是訴怨的，不太好聽，但是孩子們都喜歡，做母親的也一定要買。其他的如賣哨子的，賣小笛子的，賣紙蝴蝶的，賣不倒翁的，其中尤以不倒翁最著名，也最為講究，家家都買，有錢的買大的，沒有錢的，買個小的。大的有一尺多長，二尺來高。小的有小得像個鴨蛋似的。無論大小，都非常靈活，按倒了就起來，起得很快，是隨手就起來的。買不倒翁要當場試驗，間或有生手的工匠所做出來的不倒翁，因屁股太大，他不願意倒下，也有的倒下了他就不起來。所以買不倒翁的人就把手伸出去，一律把他們按倒，看哪個先站起來就買哪個！當那一倒一起的時候真是可笑，攤子旁邊圍了些孩子，專在那裏笑。不倒翁長得很好看，又白又胖。並不是老翁的樣子，也不過他的名字叫不倒翁就是了。其實他是一個胖孩子。做得講究一點的，頭頂上還貼了一簇毛算是頭髮。有頭髮的比沒有頭髮的要貴二百

錢。有的孩子買的時候力爭要帶頭髮的，做母親的捨不得那二百錢，就說到家給他剪點狗毛貼上。孩子非要帶毛的不可，選了一個帶毛的抱在懷裏不放，沒有法只得買了。這孩子抱着歡喜了一路，等到家一看，那簇毛不知甚麼時候已經飛了。於是孩子大哭。雖然母親已經給剪了簇狗毛貼上了，但那孩子就總覺得這狗毛不是真的，不如原來的好看。也許那原來也貼的是狗毛，或許還不如現在的這個好看，但那孩子就總不開心，憂愁了一個下半天。

廟會到下半天就散了。雖然廟會是散了，可是廟門還開着，燒香的人、拜佛的人繼續的還有。有些沒有兒子的婦女，仍舊在娘娘廟上捉弄着娘娘，給子孫娘娘的背後釘一個鈕扣，給她的腳上綁一條帶子，耳朵上掛一隻耳環，給她戴一副眼鏡，把她旁邊的泥娃娃給偷着抱走了一個。據說這樣做，來年就都會生兒子的。

娘娘廟的門口，賣帶子的特別多，婦人們都爭着去買，她們相信買了帶子，就會把兒子給帶來了。

若是未出嫁的女兒，也誤買了這東西，那就將成為大家的笑柄了。

廟會一過，家家戶戶就都有一個不倒翁，離城遠至十八里路的，也都買了一個回去。回到家裏，擺在迎門的向口，使別人一過眼就看見了，他家的確有一個不倒翁。不差，這證明逛廟會的時節他家並沒有落伍，的確是去逛過了。

歌謠上說：

「小大姐，去逛廟，扭扭搭搭走得俏，回來買個搬不倒。」

名家散文必讀系列・蕭紅

祖父・我・後園

◖ 導讀：

　　本文節選自《呼蘭河傳》第三章第一、二節。回憶來到祖父和後花園這裏，蕭紅終於觸摸到她心底最溫情和柔軟的角落，文字也變得自由、活潑、生意盎然，真正如駱賓基所說的「文筆優美，情感的頓挫抑揚猶如小提琴名手演奏的小夜曲」一般了。那用兒童的口吻描述的後花園，是帶給童年蕭紅無限快樂和滿足的聖地。後花園中，「蜻蜓是金的，螞蚱是綠的，蜂子則嗡嗡地飛着，滿身絨毛，落到一朵花上，胖圓圓地就和一個小毛球似的不動了。花園裏邊明晃晃的，紅的紅，綠的綠，新鮮漂亮。」「太陽一出來，大榆樹的葉子就發光了，它們閃爍得和沙灘上的蚌殼……」

　　蕭紅在自己的文字裏重新變回小女孩，以一顆原初純淨的心容納了周遭的世界，她這樣歡喜這個世界，描述起它來，語言是稚拙的，語氣也那樣驚奇，原本極其尋常的東西在這樣新鮮微澀的文字裏重新光彩熠熠。更重要的是，祖父在後花園裏。蕭紅自己曾說：「從祖父那裏，知道了人生除掉了冰冷和憎惡而外，還有溫暖和愛。所以我就向這『溫暖』和『愛』的方面，懷着永久的憧憬和追求。」田園自然的陶冶和祖父的愛一起，構成她童年生活的全部歡樂。和祖父在一起的日子是自由、歡樂、無拘無束

的，祖父經常在後花園裏栽花、拔草、種菜、收割，小蕭紅跟着祖父，將光陰都拋擲在這裏。蕭紅寫自己往祖父草帽上插紅花的惡作劇，人性的純真、舒展，愛的滋潤和溫暖，是這樣的素樸動人。她在精神上得益於後花園的童年生活，那裏是她的精神皈依之處，是她在回憶中不斷抵達和往返的精神家園。這些自由、靈動的文字彷彿是衝口而出，肆口而成，卻委實是蕭紅用生命焐熱的，甚至是滾燙的，儘管在現實中，這麼多年，蕭紅始終是這樣的飢寒交迫。

呼蘭河這小城裏住着我的祖父。

我生的時候，祖父已經六十多歲了，我長到四五歲，祖父就快七十了。

我家有一個大花園，這花園裏蜂子、蝴蝶、蜻蜓、螞蚱，樣樣都有。蝴蝶有白蝴蝶、黃蝴蝶。這種蝴蝶極小，不太好看。好看的是大紅蝴蝶，滿身帶着金粉。

蜻蜓是金的，螞蚱是綠的，蜂子則嗡嗡地飛着，滿身絨毛，落到一朵花上，胖圓圓地就和一個小毛球似的不動了。

花園裏邊明晃晃的，紅的紅，綠的綠，新鮮漂亮。

據說這花園，從前是一個果園。祖母喜歡吃果子就種了果樹。祖母又喜歡養羊，羊就把果樹給啃了。果樹於是都死了。到我有記憶的時候，園子裏就只有一棵櫻桃樹，一棵李子樹，因為櫻桃和李子都不大結果子，所以覺得它們是並不存在的。小的時候，只覺得園子裏邊就有一棵大榆樹。

這榆樹在園子的西北角上，來了風，這榆樹先嘯，來了雨，大榆樹先就冒煙了。太陽一出來，大榆樹的葉子就發光了，它們閃爍得和沙灘上的蚌殼一樣了。

祖父一天都在後園裏邊，我也跟着祖父在後園裏邊。祖父戴一個大草帽，我戴一個小草帽，祖父栽花，我就栽花；祖父拔草，我就拔草。當祖父下種，種小白菜的時候，我就跟在後邊，把那下了種的土窩，用腳一個一個地溜平。哪裏會溜得準，東一腳地，西一腳地瞎鬧。有的菜種不單沒被土蓋上，反而把菜籽踢飛了。

小白菜長得非常之快，沒有幾天就冒了芽了，一轉眼就可以拔下來吃了。

祖父鏟地，我也鏟地。因為我太小，拿不動那鋤頭杆，祖父就把鋤頭杆拔下來，讓我單拿着那個鋤頭的「頭」來刨。其實哪裏是鏟，也不過爬在地上，用鋤頭亂鈎一陣就是了。也認不得哪個是苗，哪個是草。往往把韭菜當做野草一起地割掉，把狗尾草當做穀穗留着。

等祖父發現我鏟的那塊地留着狗尾草的一片，他就問我：

「這是甚麼？」

我說：

「穀子。」

祖父大笑起來，笑得夠了，把草摘下來問我：

「你每天吃的就是這個嗎？」

我說：

「是的。」

我看着祖父還在笑，我就說：

「你不信，我到屋裏拿來你看。」

我跑到屋裏拿了鳥籠上的一頭穀穗，遠遠地就拋給祖父了。說：

「這不是一樣的嗎？」

祖父慢慢地把我叫過去，講給我聽，說穀子是有芒針的。狗尾草則沒有，只是毛嘟嘟的真像狗尾巴。

祖父雖然教我，我看了也並不細看，也不過馬馬虎虎承認下來就是了。一抬頭看見了一個黃瓜長大了，跑過去摘下來，我又去吃黃瓜去了。

黃瓜也許沒有吃完，又看見了一個大蜻蜓從旁飛過，於

是丟了黃瓜又去追蜻蜓去了。蜻蜓飛得多麼快，哪裏會追得上？好在一開初也沒有存心一定追上，所以站起來，跟了蜻蜓跑了幾步就又去做別的去了。

採一個倭瓜花心，捉一個大綠豆青螞蚱，把螞蚱腿用線綁上，綁了一會，也許把螞蚱腿就綁掉，線頭上拴了一隻腿，而不見螞蚱了。

玩膩了，又跑到祖父那裏去亂鬧一陣，祖父澆菜，我也搶過來澆，奇怪的就是並不往菜上澆，而是拿着水瓢，拼盡了力氣，把水往天空裏一揚，大喊着：

「下雨了，下雨了。」

太陽在園子裏是特大的，天空是特別高的。太陽的光芒四射，亮得使人睜不開眼睛，亮得蚯蚓不敢鑽出地面來，蝙蝠不敢從甚麼黑暗的地方飛出來。是凡在太陽下的，都是健康的、漂亮的，拍一拍連大樹都會發響的，叫一叫就是站在對面的土牆都會回答似的。

花開了，就像花睡醒了似的。鳥飛了，就像鳥上天了似的。蟲子叫了，就像蟲子在說話似的。一切都活了。都有無限的本領，要做甚麼，就做甚麼。要怎麼樣，就怎麼樣。都是自由的。倭瓜願意爬上架就爬上架，願意爬上房就爬上房。黃瓜願意開一個謊花，就開一個謊花，願意結一個黃瓜，就結一個黃瓜。若都不願意，就是一個黃瓜也不結，一朵花也不開，也沒有人問它。玉米願意長多高就長多高，它若願意長上天去，也沒有人管。蝴蝶隨意地飛，一會從牆頭上飛來一對黃蝴蝶，一會又從牆頭上飛走了一個白蝴蝶。牠們是從誰家來的，又飛到誰家去？太陽也不知道這個。

只是天空藍悠悠的，又高又遠。

可是白雲一來了的時候，那大團的白雲，好像灑了水的白銀似的，從祖父的頭上經過，好像要壓到了祖父的草帽那麼低。

我玩累了，就在房子底下找個陰涼的地方睡着了。不用枕頭，不用蓆子，就把草帽遮在臉上就睡了。

祖父的眼睛是笑盈盈的，祖父的笑，常常笑得和孩子似的。

祖父是個長得很高的人，身體很健康，手裏喜歡拿着個手杖，嘴上則不住地抽着旱煙管，遇到了小孩子，每每喜歡開個玩笑，說：

「你看天空飛個家雀。」

趁那孩子往天空一看，就伸出手去把那孩子的帽子給取下來了，有的時候放在長衫的下邊，有的時候放在袖口裏頭。他說：

「家雀叼走了你的帽子啦。」

孩子們都知道了祖父的這一手了，並不以為奇，就抱住他的大腿，向他要帽子，摸着他的袖管，撕着他的衣襟，一直到找出帽子來為止。

祖父常常這樣做，也總是把帽子放在同一的地方，總是放在袖口和衣襟下。那些搜索他的孩子沒有一次不是在他衣襟下把帽子拿出來的，好像他和孩子們約定了似的：「我就放在這塊，你來找吧！」

這樣地不知做過了多少次，就像老太太在永久講着「上山打老虎」這一個故事給孩子們聽似的，哪怕是已經聽過了

五百遍，也還是在那裏回回拍手，回回叫好。

每當祖父這樣做一次的時候，祖父和孩子們都一齊地笑得不得了。好像這戲還像第一次演似的。

別人看了祖父這樣做，也有笑的，可不是笑祖父的手法好，而是笑他天天使用一種方法抓掉了孩子的帽子，這未免可笑。

祖父不怎樣會理財，一切家務都由祖母管理。祖父只是自由自在地一天天閒着；我想，幸好我長大了，我三歲了，不然祖父該多寂寞。我會走了，我會跑了。我走不動的時候，祖父就抱着我；我走動了，祖父就拉着我。一天到晚，門裏門外，寸步不離，而祖父多半是在後園裏，於是我也在後園裏。

我小的時候，沒有甚麼同伴，我是我母親的第一個孩子。

我記事很早，在我三歲的時候，我記得我的祖母用針刺過我的手指，所以我很不喜歡她。我家的窗子，都是四邊糊紙，當中嵌着玻璃。祖母是有潔癖的，以她屋的窗紙最白淨。別人抱着把我一放在祖母的炕邊上，我不加思索地就要往炕裏邊跑，跑到窗子那裏，就伸出手去，把那白白透着花窗櫺的紙窗給捅了幾個洞，若不加阻止，就必得挨着排給捅破。若有人招呼着我，我也得加速地搶着多捅幾個才能停止。手指一觸到窗上，那紙窗像小鼓似的，嘭嘭地就破了。破得越多，自己越得意。祖母若來追我的時候，我就越得意了，笑得拍着手，跳着腳的。

有一天祖母看我來了，她拿了一個大針就到窗子外邊去

等我去了，我剛一伸出手去，手指就痛得厲害，我就叫起來了。那就是祖母用針刺了我。

從此，我就記住了，我不喜歡她。雖然她也給我糖吃，她咳嗽時吃豬腰燒川貝母，也分給我豬腰，但是我吃了豬腰還是不喜歡她。

在她臨死之前，病重的時候，我還嚇了她一跳。有一次她自己一個人坐在炕上熬藥，藥壺是坐在炭火盆上，因為屋裏特別的寂靜，聽得見那藥壺骨碌骨碌^①地響。祖母住着兩間房子，是裏外屋，恰巧外屋也沒有人，裏屋也沒人，就是她自己。我把門一開，祖母並沒看見我，於是我就用拳頭在板隔壁上咚咚地打了兩拳。我聽到祖母「喲」的一聲，鐵火剪子就掉在地上了。

我再探頭一望，祖母就罵起我來，她好像就要下地來追我似的。我就一邊笑着，一邊跑了。

我這樣地嚇唬祖母，也並不是向她報仇，那時我才五歲，是不曉得甚麼的，也許覺得這樣好玩。

祖父一天到晚是閒着的，祖母甚麼工作也不分配給他。只有一件事，就是祖母的地襯^②上的擺設，有一套錫器，卻總是祖父擦的。這可不知道是祖母派給他的，還是他自動地願意工作。每當祖父一擦的時候，我就不高興，一方面是不能領着我到後園裏去玩了，另一方面祖父因此常常挨罵，祖

————————

① 骨碌，同「咕嚕」。
② 地襯（chèn），空棺，亦泛指棺材。舊時生時為自己備好棺木是很常見的。

母罵他懶，罵他擦得不乾淨。祖母一罵祖父的時候，就常常不知為甚麼連我也罵上。

祖母一罵祖父，我就拉着祖父的手往外邊走，一邊說：「我們後園裏去吧。」

也許因此祖母也罵了我。

她罵祖父是「死腦瓜骨」，罵我是「小死腦瓜骨」。

我拉着祖父就到後園裏去了，一到了後園裏，立刻就另是一個世界了。決不是那房子裏的狹窄的世界，而是寬廣的，人和天地在一起，天地是多麼大，多麼遠，用手摸不到天空。而土地上所長的又是那麼繁華，一眼看上去，是看不完的，只覺得眼前鮮綠的一片。

一到後園裏，我就沒有對象地奔了出去，好像我是看準了甚麼而奔去了似的，好像有甚麼在那兒等着我似的。其實我是甚麼目的也沒有，只覺得這園子裏邊無論甚麼東西都是活的，好像我的腿也非跳不可了。

若不是把全身的力量跳盡了，祖父怕我累了想招呼住我，那是不可能的，反而他越招呼，我越不聽話。

等到自己實在跑不動了，才坐下來休息，那休息也是很快的，也不過隨便在秧子上摘下一個黃瓜來，吃了也就好了。

休息好了又是跑。

櫻桃樹，明明是沒有結櫻桃，就偏跑到樹上去找櫻桃。李子樹是半死的樣子的，本不結李子的，就偏去找李子。一邊在找，還一邊大聲地喊，在問着祖父：

「爺爺，櫻桃樹為甚麼不結櫻桃？」

祖父老遠地回答着：

「因為沒有開花，就不結櫻桃。」

再問：

「為甚麼櫻桃樹不開花？」

祖父説：

「因為你嘴饞，它就不開花。」

我一聽了這話，明明是嘲笑我的話，於是就飛奔着跑到祖父那裏，似乎是很生氣的樣子。等祖父把眼睛一抬，他用了完全沒有惡意的眼睛一看我，我立刻就笑了。而且是笑了半天的工夫才能夠止住，不知哪裏來了那許多的高興，把後園一時都讓我攪亂了，我笑的聲音不知有多大，自己都感到震耳了。

後園中有一棵玫瑰。一到五月就開花的。一直開到六月。花朵和醬油碟那麼大。開得很茂盛，滿樹都是，因為花香，招來了很多的蜂子，嗡嗡地在玫瑰樹那兒鬧着。

別的一切都玩厭了的時候，我就想起來去摘玫瑰花，摘了一大堆把草帽脱下來用帽兜子盛着。在摘那花的時候，有兩種恐懼，一種是怕蜂子的針刺人，另一種是怕玫瑰的刺刺手。好不容易摘了一大堆，摘完了可又不知道做甚麼了。忽然異想天開，這花若給祖父戴起來該多好看。

祖父蹲在地上拔草，我就給他戴花。祖父只知道我是在捉弄他的帽子，而不知道我到底是在幹甚麼。我把他的草帽給他插了一圈的花，紅彤彤的二三十朵。我一邊插着一邊笑，當我聽到祖父説：

「今年春天雨水大，咱們這棵玫瑰開得這麼香。二里路

也怕聞得到的。」

就把我笑得哆嗦起來，我幾乎沒有支持的能力再插上去。等我插完了，祖父還是安然的不曉得。他還照樣地拔着壟上的草。我跑得很遠地站着，我不敢往祖父那邊看，一看就想笑。所以我藉機進屋去找一點吃的來，還沒有等我回到園中，祖父也進屋來了。

那滿頭紅彤彤的花朵，一進來祖母就看見了。她看見甚麼也沒説，就大笑了起來。父親母親也笑了起來，而以我笑得最厲害，我在炕上打着滾笑。

祖父把帽子摘下來一看，原來那玫瑰的香並不是因為今年春天雨水大的緣故，而是那花就頂在他的頭上。

他把帽子放下，他笑了十多分鐘還停不住，過一會一想起來，又笑了。

祖父剛有點忘記了，我就在旁邊提着説：

「爺爺⋯⋯今年春天雨水大呀⋯⋯」

一提起，祖父的笑就來了。於是我也在炕上打起滾來。

就這樣一天一天地，祖父，後園，我，這三樣是一樣也不可缺少的了。

颳了風，下了雨，祖父不知怎樣，在我卻是非常寂寞的了。去沒有去處，玩沒有玩的，覺得這一天不知有多少日子那麼長。

中秋節

導讀：

　　本文曾發表於 1933 年 10 月 29 日長春《大同報》第十一期《夜哨》周刊。四面的牆壁和窗外的天，桌子上的錶和瓶裏的野花，醉倒在地上的人，一切湊成個清寒孤冷的中秋節。蕭紅寫了自己的一個夢，夢裏回到讀書時節，那時候的生活也一樣沒有歡意和樂趣。夢本是支離破碎不成整塊的，蕭紅的筆觸也正如此，許多情感和場景的碎片這麼紛紛然而來，鑲嵌成一片文字，楓葉，花瓶，小圓棗，棗樹，晨間學校的打鐘聲，落雪天……彼此沒有關聯，但卻集合傳達出一種深沉落寞的「情調」。蕭紅的氣力總是用在這樣「一些富於情致的小片段上」，而這些小小的「碎片」，將嚴格的時間和邏輯打散了，揉亂了，卻「濃化了情致、韻味」，「作品處處溢出蕭紅特有的氣息，溫潤的，微馨的」（趙園語）。

　　文章雖沒有直接寫二人的清貧，但在這樣一個團圓的節日所做的夢裏，卻處處指向他們飢寒交迫的現實。

記得青野送來一大瓶酒，董醉倒在地下，剩我自己也沒得吃月餅。小屋寂寞的，我讀着詩篇，自己過個中秋節。

我想到這裏，我不願再想，望着四面清冷的壁，望着窗外的天雲。側倒在牀上，看一本書，一頁，兩頁，許多頁，不願看。那麼我聽着桌子上的錶，看着瓶裏不知名的野花，我睡了。

那不是青野嗎？帶着楓葉進城來，在牀沿大家默坐着。楓葉插在瓶裏，放在桌上，後來楓葉乾了坐在院心。常常有東西落在頭上，啊，小圓棗滾在牆根外。棗樹的命運漸漸完結着。晨間學校打鐘了，正是上學的時候，梗媽穿起棉襖打着嚏噴在掃偎在牆根哭泣的落葉，我也打着嚏噴。梗媽捏了我的衣裳說：「九月時節穿單衣服，怕是害涼。」

董從他房裏跑出，叫我多穿件衣服。

我不肯，經過陰涼的街道走進校門。在課室裏可望到窗外黃葉的芭蕉。同學們一個跟着一個的向我問：

「你真耐冷，還穿單衣。」

「你的臉為甚麼紫色呢？」

「倒是關外人……」

她們說着，拿女人專有的眼神閃視。

到晚間，嚏噴打得越多，頭痛，兩天不到校。上了幾天課，又是兩天不到校。

森森的天氣緊逼着我，好像秋風逼着黃葉樣，新曆一月一日降雪了，我打起寒顫。開了門望一望雪天，呀！我的衣裳薄得透明了，結了冰般地。跑回牀上，牀也結了冰般地。我在牀上等着董哥，等得太陽偏西，董哥偏不回來。向梗媽

借十個大銅板，於是吃燒餅和油條。

青野踏着白雪進城來，坐在椅間，他問：「綠葉怎麼不起呢？」

梗媽説：「一天沒起，沒上學，可是董先生也出去一天了。」

青野穿的學生服，他搖搖頭，又看了自己有洞的鞋底，走過來他站在牀邊又問：「頭痛不？」把手放在我頭上試熱。

説完話他去了，可是太陽快落時，他又回轉來。董和我都在猜想。他把兩元錢放在梗媽手裏，一會就是門外送煤的小車子嘩鈴的響，又一會小煤爐在地心紅着。同時，青野的被子進了當鋪，從那夜起，他的被子沒有了，蓋着褥子睡。

這已往的事，在夢裏關不住了。

門響，我知道是三郎回來了，我望了望他，我又回到夢中。可是他在叫我：「起來吧，悄悄，我們到朋友家去吃月餅。」

他的聲音使我心酸，我知道今晚連買米的錢都沒有，所以起來了，去到朋友家吃月餅。人囂着，經過菜市，也經過睡在路側的僵屍，酒醉得暈暈的，走回家來，兩人就睡在清涼的夜裏。

三年過去了，現在我認識的是新人，可是他也和我一樣窮困，使我記起三年前的中秋節來。

鍍金的學説

◖ 導讀：

　　本文原載 1934 年 6 月 21 日、28 日哈爾濱《國際協報》，署名「田娣」。文章以自傳性的懷舊筆調，追述了伯父的一段青春舊事，寫他追慕一個姑娘卻缺乏勇氣去愛，最終只能在暮年老境裏過着一個人的孤單生活，而他平時「甚麼時候講話總關於正理，至少那時候我覺得他的話是嚴肅的，有條理的，千真萬對的」，蕭紅於是將此稱為「鍍金的學説」，她想説的是：嘴巴上的道理千萬個，若禁不起真實生活的考驗，就只是廢話而已。

　　但蕭紅沒有淺露直白地説，她説的方式很有自己的特點。她的講述鋪排着很多有趣味的情景，完整的、充溢着生活滋味的情景，在對待伯父這樣有心而無力的「懦弱者」上，她也並非單一的批判，而是充滿了樸素的對人情物理的細緻體貼。譬如「伯父走進堂屋坐在那裏好像幻想着一般，後門外樹上滿掛着綠的葉子，伯父望着那些無知的葉子幻想，最後他小聲唱起」，「他走進屋倒在牀上，很長時間，他翻轉着，扇子他不用來搖風，在他手裏亂響。他的手在胸膛上拍着，氣悶着，再過一會，他完全安靜下去，扇子任意丟在地板，蒼蠅落在臉上，也不去搔牠」。蕭紅從不用長句，她的氣息沒有那樣拖沓或者沉重，她的句子總是一路參差錯落地排列下來，高低起伏，自由婉轉，伶俐，精短，留下

一種素樸親切的濃郁氣味，因為她對待生活總是持這樣一種最自然的態度，貼近它，親近它，但仍然尊重它，膜拜它。

我的伯伯，他是我童年唯一崇拜的人物，他說起話有宏亮的聲音，並且他甚麼時候講話總關於正理，至少那時候我覺得他的話是嚴肅的，有條理的，千真萬對的。

那年我十五歲，是秋天，無數張葉子落了，迴旋在牆根了，我經過北門旁在寒風裏號叫着的老榆樹，那榆樹的葉子也向我打來。可是我抖擻着跑進屋去，我是參加一個鄰居姐姐出嫁的筵席回來。一邊脫換我的新衣裳，一邊同母親說，那好像同母親吵嚷一般：「媽，真的沒有見過，婆家說新娘笨，也有人當面來羞辱新娘，說她站着的姿式不對，坐着的姿式不好看，林姐姐一聲也不作，假若是我呀！哼！……」

母親說了幾句同情的話，就在這樣的當兒，我聽清伯父在呼喚我的名字。他的聲音是那樣低沉，平素我是愛伯父的，可是也怕他，於是我心在小胸膛裏邊驚跳着走出外房去。我的兩手下垂，就連視線也不敢放過去。

「你在那裏講究些甚麼話？很有趣哩！講給我聽聽。」伯父說話的時候，他的眼睛流動笑着，我知道他沒有生氣，並且我想他很願意聽我講究。我就高聲把那事又說了一遍，我且說且作出種種姿式來。等我說完的時候，我仍歡喜，跳打着的手足停下，靜等着伯伯誇獎我呢！可是過了很多工夫，伯伯在桌子旁仍寫他的文字。

對我好像沒有反應，再等一會他對於我的講話也絕對沒有回響。至於我呢，我的小心房立刻感到壓迫，我想我的錯在甚麼地方？話講得是很流利呀！講話的速度也算是活潑呀！伯伯好像一塊朽木塞住我的咽喉，我願意快躲開他到別的房中去長歎一口氣。

伯伯把筆放下了，聲音也跟着來了：「你不說假若是你嗎？是你又怎麼樣？你比別人更糟糕，下回少說這一類話！小孩子學着誇大話，淺薄透了！你想你總要比別人高一倍嗎？再不要誇口，誇口是最可恥，最沒出息。」

我走進母親的房裏，坐在炕沿我弄着髮辮，默不作聲，臉部感到很燒很燒。以後我再不誇口了！

伯父又常常講一些關於女人的服裝的意見，他說穿衣服素色最好，不要塗粉，抹胭脂，要保持本來的面目。我常常是保持本來的面目，不塗粉不抹胭脂，也從沒穿過花色的衣裳。

後來我漸漸對於古文有趣味，伯父給我講古文，記得講到《弔古戰場文》那篇，伯父被感動得有些聲咽，我到後來竟哭了！從那時起我深深感到戰爭的痛苦與殘忍。大概那時我才十四歲。

又過一年，我從小學卒業就要上中學的時候，我的父親把臉沉下了！他終天把臉沉下。等我問他的時候，他瞪一瞪眼睛，在地板上走轉兩圈，必須要過半分鐘才能給一個答話：「上甚麼中學？上中學在家上吧！」

父親在我眼裏變成一隻沒有一點熱氣的魚類，或者別的不具着情感的動物。

半年的工夫，母親同我吵嘴，父親罵我：「你懶死啦！不要臉的！」當時我過於氣憤了，實在受不住這樣一架機器壓軋了。我問他，「甚麼叫不要臉呢？誰不要臉！」聽了這話他立刻像火山一樣爆裂起來。當時我沒能看出他頭上有火冒也沒？父親滿頭的髮絲一定被我燒焦了吧！那時我是在他

的手掌下倒了下來，等我爬起來時，我也沒有哭。可是父親從那時起他感到父親的尊嚴是受了一大挫折，也從那時起每天想要恢復他的父權。他想做父親的更該尊嚴些，或者加倍地尊嚴着才能壓住子女吧！

可真加倍尊嚴起來了。每逢他從街上回來，都是黃昏時候，父親一走到花牆的地方便從喉管作出響動，咳嗽幾聲啦，或是吐一口痰啦。後來漸漸我聽他只是咳嗽而不吐痰，我想父親一定會感着痰不夠用了呢！我想做父親的為甚麼必須尊嚴呢？或者因為做父親的肚子太清潔？把肚子裏所有的痰都全部吐出來了？

一天天睡在炕上，慢慢我病着了！我甚麼心思也沒有了！一班同學不升學的只有兩三個，升學的同學給我來信告訴我，她們打網球，學校怎樣熱鬧，也説些我所不懂的功課。我越讀這樣的信，心越加重點。

老祖父支住拐杖，仰着頭，白色的鬍子振動着説：「叫櫻花上學去吧！給她拿火車費，叫她收拾收拾起身吧！小心病壞！」

父親説：「有病在家養病吧，上甚麼學，上學！」

後來連祖父也不敢向他問了，因為後來不管親戚朋友，提到我上學的事他都是連話不答，出走在院中。

整整死悶在家中三個季節，現在是正月了。家中大會賓客，外祖母啜着湯食向我説：「櫻花，你怎麼不吃甚麼呢？」

當時我好像要流出眼淚來，在桌旁的枕上，我又倒下了！因為伯父外出半年是新回來，所以外祖母向伯父説：「他伯伯，向櫻花爸爸説一聲，孩子病壞了，叫她上學

去吧！」

伯父最愛我，我五六歲時他常常來我家，他從北邊的鄉村帶回來榛子。冬天他穿皮大氅，從袖口把手伸給我，那冰寒的手呀！當他拉住我的手的時候，我害怕掙脫着跑了，可是我知道一定有榛子給我帶來，我禿着頭兩手捏耳朵，在院子裏我向每個貨車夫問：「有榛子沒有？有榛子沒有？」

伯父把我裹在大氅裏，抱着我進去，他說：「等一等給你榛子。」

我漸漸長大起來，伯父仍是愛我的，講故事給我聽。買小書給我看，等我入高級，他開始給我講古文了！有時族中的哥哥弟弟們都喚來，也講給他們聽，可是書講完他們臨去的時候，伯父總是說：「別看你們是男孩子，櫻花比你們全強，真聰明。」

他們自然不願意聽了，一個一個退走出去。不在伯父面前他們齊聲說：「你好呵！你有多聰明！比我們這一羣混蛋強得多。」

男孩子說話總是有點野，不願意聽，便離開他們了。誰想男孩子們會這樣放肆呢？他們扯住我，要打我：「你聰明，能當個甚麼用？我們有氣力，要收拾你。」「甚麼狗屁聰明，來，我們大傢伙看看你的聰明到底在哪裏！」

伯父當着甚麼人也誇獎我：「好記力，心機靈快。」

現在一講到我上學的事，伯父微笑了：「不用上學，家裏請個老先生唸唸書就夠了！哈爾濱的文學生們太荒唐。」

外祖母說：「孩子在家裏教養好，到學堂也沒有甚麼壞處。」

於是伯父斟了一杯酒，挾了一片香腸放到嘴裏，那時我多麼不願看他吃香腸呵！那一刻我是怎樣惱煩着他！我討厭他喝酒用的杯子，我討厭他上脣生着的小黑髭，也許伯伯沒有觀察我一下！他又說：「女學生們靠不住，交男朋友啦！戀愛啦！我看不慣這些。」

從那時起伯父同父親是沒有甚麼區別。變成嚴涼的石塊。

當年，我升學了，那不是甚麼人幫助我，是我自己向家庭施行的騙術。後一年暑假，我從外回家，我和伯父的中間，總感到一種淡漠的情緒，伯父對我似乎是客氣了，似乎是有甚麼從中間隔離着了！

一天伯父上街去買魚，可是他回來的時候，筐子是空空的。母親問：

「怎麼！沒有魚嗎？」

「哼！沒有。」

母親又問：「魚貴嗎？」

「不貴。」

伯父走進堂屋坐在那裏好像幻想着一般，後門外樹上滿掛着綠的葉子，伯父望着那些無知的葉子幻想，最後他小聲唱起，像是有甚麼悲哀蒙蔽着他了！看他的臉色完全可憐起來。他的眼睛是那樣憂煩的望着桌面，母親說：「哥哥頭痛嗎？」

伯父似乎不願回答，搖着頭，他走進屋倒在牀上，很長時間，他翻轉着，扇子他不用來搖風，在他手裏亂響。他的手在胸膛上拍着，氣悶着，再過一會，他完全安靜下去，扇

子任意丟在地板，蒼蠅落在臉上，也不去搔牠。

晚飯桌上了，伯父多喝了幾杯酒，紅着顏面向祖父說：「菜市上看見王大姐呢！」

王大姐，我們叫他王大姑，常聽母親說：「王大姐沒有媽，爹爹為了貧窮去為匪，只留這個可憐的孩子住在我們家裏。」伯父很多情呢！伯父也會戀愛呢，伯父的屋子和我姑姑們的屋子挨着，那時我的三個姑姑全沒出嫁。

一夜，王大姑沒有回內房去睡，伯父伴着她哩！

祖父不知這件事，他說：「怎麼不叫她來家呢？」

「她不來，看樣子是很忙。」

「呵！從出了門子總沒見過，二十多年了，二十多年了！」

祖父捋着斑白的鬍子，他感到自己是老了！

伯父也感歎着：「噯！一轉眼，老了！不是姑娘時候的王大姐了！頭髮白了一半。」

伯父的感歎和祖父完全不同，伯父是痛惜着他破碎的青春的故事。又想一想，他婉轉着說，說時他神祕的有點微笑：「我經過菜市場，一個老太太回頭看我，我走時，她仍舊看我。停在她身後，我想一想，是誰呢？過會我說：『是王大姐嗎？』她轉過身來，我問她，『在本街住吧？』她很忙，要回去燒飯，隨後她走了，甚麼話也沒說，提着空筐子走了！」

夜間，全家人都睡了，我偶然到伯父屋裏去找一本書，因為對他，我連一點信仰也失去了，所以無言走出。

伯父願意和我談話似的：「沒睡嗎？」

「沒有。」

隔着一道玻璃門，我見他無聊的樣子翻着書和報，枕旁一隻蠟燭，火光在起伏。伯父今天似乎是例外，同我講了好些話，關於報紙上的，又關於甚麼年鑑上的。他看見我手裏拿着一本花面的小書，他問：「甚麼書？」

「小說。」

我不知道他的話是從甚麼地方說起：「言情小說，《西廂》是妙絕，《紅樓夢》也好。」

那夜伯父奇怪的向我笑，微微的笑，把視線斜着看住我。我忽然想起白天所講的王大姑來了，於是給伯父倒一杯茶，我走出房來，讓他伴着茶香來慢慢的回味着記憶中的姑娘吧！

我與伯伯的學說漸漸懸殊，因此感情也漸漸惡劣，我想甚麼給感情分開的呢？我需要戀愛，伯父也需要戀愛。伯父見着他年青時候的情人痛苦，假若是我也是一樣。

那麼他與我有甚麼不同呢？不過伯伯相信的是鍍金的學說。

兩個朋友

◗ 導讀：

　　本文原載 1937 年 5 月 10 日上海《新少年》第三卷第九期，
署名「悄吟」。這篇散文寫了兩個孩子之間的分歧、衝突與和好的
過程，同時也藉此探觸到了成人世界的不潔與暴力，以及這不潔
與暴力帶給孩子們的負面影響。蕭紅的筆墨是極端省儉的，她很
少給出明確的提示和清晰的揭露，只是一個情景接着一個情景地
鋪開，將過程分解成許多小的情景，完整的過程以及情景之間的
關聯，須得領會完全文才能看出。她的筆觸又是帶着詩意美的，
即使在這樣一篇「似乎無事」的小文章中，也體現了蕭紅作品突
出的詩性氣質。

　　全文是簡潔、自然的，正如美國著名漢學家葛浩文在《蕭紅
評傳》一書中評價的那樣，「從她書中背景主題和角色而論，她無
論在對話或敍述的章節中，已是非常技巧地避免用華而不實、枯
萎無力或過分糾纏不清的語句。即使當她書中人物因感情不逼真
或個性沒能充分發揮而缺乏深度時，那些人物仍能表現得誠摯、
自然而扣人心弦，就因為這一點常使人物栩栩如生。」本文很能
見證這一論述，金珠和華子以及長輩們的性格雖然沒有深度，但
其神情姿態已呼之欲出。

金珠才十三歲，穿一雙水紅色的襪子，在院心和華子拍皮球。華子是個沒有親母親的孩子。

生疏的金珠被母親帶着來到華子家裏才是第二天。

「你唸幾年書了？」

「四年，你呢？」

「我沒上過學 —— 」金珠把皮球在地上丟了一下又抓住。

「你怎麼不唸書呢？十三歲了，還不上學？我十歲就上學的……」

金珠説：「我不是沒有爹嗎！媽説：等她積下錢讓我唸書。」

於是又拍着皮球，金珠和華子差不多一般高，可是華子叫她金珠姐。

華子一放學回來，把書包丟在箱子上或是炕上，就跑出去和金珠姐拍皮球。夜裏就挨着睡，白天就一道玩。

金珠把被褥搬到裏屋去睡了！從那天起她不和華子交談一句話；叫她：「金珠姐，金珠姐。」她把嘴脣突起來不應聲。華子傷心的，她不知道新來的小朋友怎麼會這樣對她。

再過幾天華子挨罵起來 —— 孩崽子，甚麼玩意兒呢！—— 金珠走在地板上，華子丟了一個皮球撞了她，她也是這樣罵。連華子的弟弟小珂，金珠也罵他。

那孩子叫她：「金珠子，小金珠子！」

「小，我比你小多少？孩崽子！」

小弟弟説完了，跑到爺爺身邊去，他怕金珠要打他。

夏天晚上，太陽剛落下去，在太陽下蒸熱的地面還沒

有消滅了熱。全家就坐在開着窗子的窗台，或坐在門前的木凳上。

「不要弄跌了啊！慢慢推……慢慢推！」祖父招呼小珂。

金珠跑來，小母雞一般地，把小車奪過去，小珂被奪着，哭着。祖父叫他：「來吧！別哭，小珂聽説，不要那個。」

為這事，華子和金珠吵起來了：

「這也不是你家的，你管得着？不要臉！」

「甚麼東西，硬裝不錯。」

「我看你也是硬裝不錯，『幫虎吃食』。」

「我怎麼『幫虎吃食』？我怎麼『幫虎吃食』？」

華子的後母和金珠是一道戰線，她氣得只是重複着一句話：「小華子，我也沒見你這樣孩子，你爹你媽是虎？是野獸？我可沒見過你這樣孩子。」

「是『幫虎吃食』，是『幫虎吃食』。」華子不住説。

後母親和金珠完全是一道戰線，她叫着她：「金珠，進來關上窗子睡覺吧！別理那小瘋狗。」

「小瘋狗，看也不知誰是小瘋狗，不進理者小瘋狗。」

媽媽的權威吵滿了院子：

「你爸爸回來，我要不告訴你爸爸才怪呢！還了得啦！罵她媽是『小瘋狗』。我管不了你，我也不是你親娘，你還有親爹哩！叫你親爹來管你。你早沒把我看到眼裏。罵吧！也不怕傷天理！」

小珂和祖父都進屋去睡了！祖父叫華子也進來睡吧！可

是華子始終依着門呆想。夜在她的眼前，蚊子在她的耳邊。

第二天金珠更大膽，故意藉着事由來屈服華子，她覺得她必定勝利，她做着鬼臉：

「小華子，看誰丟人，看誰挨罵？你爸爸要打呢！我先告訴你一聲，你好預備着點！」

「別不要臉！」

「罵誰不要臉？我怎麼不要臉？把你美的！你個小老婆，我告訴你多多去，走，你敢跟我去……」

金珠的母親，那個胖老太太說金珠：「都是一般大，好好玩，別打架。幹甚麼金珠？不好那樣！」華子被扯住肩膀：「走就走，我不怕你，還怕你個小窮鬼！都窮不起了，才跑到別人家來，混飯吃還不夠，還瞎厲害。」

金珠感到羞辱了，軟弱了，眼淚流了滿臉：「娘，我們走吧！不住她家，再不住……」

金珠的母親也和金珠一樣哭。

「金珠，把孩子抱去玩玩。」她應着這呼聲，每日肩上抱着孩子。

華子每日上學，放學就拍皮球。

金珠的母親，是個寡婦母親，來到親戚家裏，是來做幫工。華子和金珠吵架，並沒有人傷心，就連華子的母親也不把這事放在心上，華子的祖父和小珂也不把這事記在心上，一到傍晚又都到院子去乘涼，吸着煙，用扇子撲着蚊蟲，看一看多星的天幕。

華子一經過金珠面前，金珠的母親的心就跳了。她心跳誰也不曉得，孩子們吵架是平常事，如像雞和雞鬥架一般。

正午時候，人影落在地面那樣短，狗睡到牆根去了！炎夏的午間，只聽到蜂子飛，只聽到狗在牆根喘。

金珠和華子從正門衝出來，兩匹狗似的，兩匹小狼似的，太陽曬在頭上不覺到熱；一個跑着，一個追着。華子停下來鬥一陣再跑，一直跑到柴欄裏去，拾起高粱稈打着。金珠狂笑，但那是變樣的狂笑，臉嘴已經不是平日的臉嘴了。嘴鬥着，臉是青色的，但仍在狂笑。

誰也沒有流血，只是頭髮上貼住一些高粱葉子。已經累了！雙方面都不願意再打，都沒有力量再打。

「進屋去吧，怎麼樣？」華子問。

「進屋？！不打死你這小鬼頭對不住你。」金珠又分開兩腿，兩臂抱住肩頭。

「好，讓你打死我。」一條木板落到金珠的腿上去。

金珠的母親完全戰慄，她全身戰慄，當金珠去奪她正在手中切菜的菜刀時；眼看打得要動起刀來。

做幫工也怕做不長的。

金珠的母親，洗尿布、切菜、洗碗、洗衣裳，因為是小腳，一天到晚，到晚間，腳就疼了。

「娘，你腳疼嗎？」金珠就去打一盆水為她洗腳。

娘起先是恨金珠的，為甚麼這樣不聽說？為甚麼這樣不知好歹？和華子一天打到晚。

可是她一看到女兒打一盆水給她，她就不恨金珠而自己傷心。若有金珠的爹爹活着哪能這樣？自己不是也有家嗎？

金珠的母親失眠了一夜，蚊子成羣地在她的耳邊飛；飛着，叫着，她坐起來搔一搔又倒下去，終夜她沒有睡着，玻

璃窗子發着白了！這時候她才一粒一粒地流着眼淚。十年前就是這個天剛亮的時候，金珠的爹爹從炕上抬到牀上，那白色的臉，連一句話也沒説而死去的人……十年前了！在外面幫工，住親戚也是十年了！

她把枕頭和眼角相接近，使眼淚流到枕頭上去，而不去擦它一下，天色更白了！這是金珠爹爹抬進木棺的時候。那打開的木棺，可怕的，一點感情也沒有的早晨又要來似的……她帶淚的眼睛合起來，緊緊地壓在枕頭上。起牀時，金珠問：「娘，你的眼睛怎麼腫了呢？」

「不怎麼。」

「告訴我！娘！」

「告訴你甚麼！都是你不聽説，和華子打仗氣得我……」

金珠兩天沒和華子打仗，到第三天她也並不想立刻打仗，因為華子的母親翻着箱子，一面找些舊衣裳給金珠，一面告訴金珠：「你和那丫頭打仗，就狠點打，我給你作主，不會出亂子的，那丫頭最能氣人沒有的啦！我有衣裳也不能給她穿，這都給你。跟你娘到別處去受氣，到我家我可不能讓你受氣，多可憐哪！從小就沒有了爹……」

金珠把一些衣裳送給娘去，以後金珠在一家中比誰都可靠，把鎖櫃箱的鑰匙也交給了她。她常常就在華子和小珂面前隨便吃梨子，可是華子和小珂不能吃。小珂去找祖父。祖父説：

「你是沒有娘的孩子，少吃一口吧！」

小珂哭起來了！

這一家中，華子和母親起着衝突，爺爺也和母親起着

衝突。

　　被華子的母親追使着，金珠又和華子吵了幾回架。居然，有這麼一天，金耳環掛上了金珠的耳朵了。

　　金珠受人這樣同情，比爹爹活轉來或者更幸運，飽飽滿滿地過着日子。

　　「你多可憐哪！從小就沒有了爹！……」金珠常常被同情着。

　　華子每天上學，放學就拍皮球。金珠每天背着孩子，幾乎連一點玩的工夫也沒有了。

　　秋天，附近小學裏開了一個平民教育班。

　　「我也上『平民學校』去吧，一天兩點鐘，四個月讀四本書。」

　　華子的母親沒有答應金珠，說認字不認字都沒有用，認字也吃飯，不認字也吃飯。

　　鄰居的小姑娘和婦人們都去進「平民學校」，只有金珠沒能去，只有金珠剩在家中抱着孩子。

　　金珠就很憂愁了，她想和華子交談幾句，她想借華子的書來看一下，她想讓華子替她抱一下小孩，她拍幾下皮球，但這都沒有做，她多少有一點自尊心存在。

　　有天家中只剩華子、金珠、金珠的母親，孩子睡覺了。

　　「華子，把你的鉛筆借給我寫兩個字，我會寫我的姓。」金珠說完話，很不好意思，嘴唇沒有立刻就合起來。

　　華子把皮球向地面丟了一下，掉過頭來，把眼睛斜着從金珠的腳下一直打量到她的頭頂。

　　為着這事金珠把眼睛哭腫。

「娘，我們走吧，不再住她家。」

金珠想要進「平民學校」進不得，想要和華子玩玩，又玩不得，雖然是耳朵上掛着金圈，金圈也並不帶來同情給她。

她患着眼病了！最厲害的時候，飯都吃不下。

「金珠啊！抱抱孩子，我吃飯。」華子的後母親叫她。

眼睛疼得厲害的時候，可怎樣抱孩子？華子就去抱。

「金珠啊！打盆臉水。」

華子就去打。

金珠的眼睛還沒好，她和華子的感情可好起來。她們兩個從朋友變成仇人，又從仇人變成朋友了！又搬到一個房間去睡，被子接着被子。在睡覺時金珠說：「我把耳環還給她吧！我不要這東西！」她不愛那樣閃光的耳環。

沒等金珠把耳環摘掉，那邊已經向她要了：

「小金珠，把耳環摘下來吧！我告訴你説吧，一個人若沒有良心，那可真算個人！我說，小金珠子，我對得起你，我給你多少衣裳？我給你金耳環，你不和我一條心眼，我告訴你吧！你後悔的日子在後頭呢！眼看你就要帶上手鐲了！可是我不能給你買了……」

金珠的母親聽到這些話，比看到金珠和華子打架更難過，幫工是幫不成的啦！

華子放學回來，她就抱着孩子等在大門外，笑瞇瞇的，永久是那個樣子，後來連晚飯也不吃，等華子一起吃。若買一件東西，華子同意她就同意。比方買一個扣髮的針啦，或是一塊小手帕啦！若金珠同意華子也同意。夜裏華子為着學

校忙着編織物，她也伴着她不睡，華子也教她識字。

　　金珠不像從前可以任意吃着水果，現在她和小珂、華子同樣，依在門外嗅一些水果香。華子的母親和父親罵華子，罵小珂，也同樣罵着金珠。

　　終久又有這樣的一天，金珠和母親被驅着走了。

　　兩個朋友，哭着分開。

祖父死了的時候

◗ 導讀：

　　本文發表於 1935 年 7 月 28 日《大同報》副刊《大同俱樂部》，署名「悄吟」。祖父對於蕭紅的意義，只要看《祖父・我・後園》就能盡數明白。祖父和他的後花園，是蕭紅的精神聖地，是這個塵世給蕭紅的不多的一些愛和温暖。所以蕭紅在這篇文章中沉痛地說：「我若死掉祖父，就死掉我一生最重要的一個人，好像他死了就把人間一切『愛』和『温暖』帶得空空虛虛。」用字還是那樣簡單，彷彿不曾用力，然而文章卻是直接「哭」成的，而更有衝擊力量。

　　這是蕭紅一貫的寫作風格，她並不刻意去經營文章的結構，不事先構思文章的佈局，只是讓感情帶着自己走，思緒飄到之處，即為筆墨所及之處，她始終忠實於自己的情感體驗。沒有甚麼轟轟烈烈，有的只是細小的事情，譬如祖父用橘子安撫孫女、陪膽小的孫女上茅廁，彷彿是微不足道的，但祖孫二人之間纏綿不盡的親情卻就在這樣的細微之處透露出來。蕭紅的敏銳也在此，她總能擷取極具意味的細節、極具感染力的場景來表達她自己。「祖父裝進棺材去的那天早晨，正是後園裏玫瑰花開放滿樹的時候。」「園中飛着蜂子和蝴蝶，綠草的清涼的氣味，這都和十年前一樣。」後園的風景還在，但人事已面目全非，蕭紅的文字是

舉重若輕的，但這樣強烈的對比之下，其間濃重的悲哀仍舊從紙面上突顯出來。

祖父總是有點變樣子，他喜歡流起眼淚來，同時過去很重要的事情他也忘掉。比方過去那一些他常講的故事，現在講起來，講了一半下一半他就說：「我記不得了。」

某夜，他又病了一次，經過這一次病，他竟說：「給你三姑寫信，叫她來一趟，我不是四五年沒看過她嗎？」他叫我寫信給我已經死去五年的姑母。

那次離家是很痛苦的。學校來了開學通知信，祖父又一天一天地變樣起來。

祖父睡着的時候，我就躺在他的旁邊哭，好像祖父已經離開我死去似的，一面哭着一面抬頭看他凹陷的嘴脣。我若死掉祖父，就死掉我一生最重要的一個人，好像他死了就把人間一切「愛」和「溫暖」帶得空空虛虛。我的心被絲線紮住或鐵絲絞住了。

我聯想到母親死的時候。母親死以後，父親怎樣打我，又娶一個新母親來。這個母親很客氣，不打我，就是罵，也是指着桌子或椅子來罵我。客氣是越客氣了，但是冷淡了，疏遠了，生人一樣。

「到院子去玩玩吧！」祖父說了這話之後，在我的頭上撞了一下，「喂！你看這是甚麼？」一個黃金色的桔子落到我的手中。

夜間不敢到茅廁去，我說：「媽媽同我到茅廁去趟吧。」

「我不去！」

「那我害怕呀！」

「怕甚麼？」

「怕甚麼？怕鬼怕神？」父親也說話了，把眼睛從眼鏡

上面看着我。

冬天，祖父已經睡下，赤着腳，開着鈕扣跟我到外面茅廁去。

學校開學，我遲到了四天。三月裏，我又回家一次，正在外面叫門，裏面小弟弟嚷着：「姐姐回來了！姐姐回來了！」大門開時，我就遠遠注意着祖父住着的那間房子。果然祖父的面孔和鬍子閃現在玻璃窗裏。我跳着笑着跑進屋去。但不是高興，只是心酸，祖父的臉色更慘淡更白了。等屋子裏一個人沒有時，他流着淚，他慌慌忙忙的，一邊用袖口擦着眼淚，一邊抖動着嘴唇說：「爺爺不行了，不知早晚……前些日子好險沒跌……跌死。」

「怎麼跌的？」

「就是在後屋，我想去解手，招呼人，也聽不見，按電鈴也沒有人來，就得爬啦。還沒爬到後門口，腿顫，心跳，眼前發花了一陣就倒下去。沒跌斷了腰……人老了，有甚麼用處！爺爺是八十一歲呢。」

「爺爺是八十一歲。」

「沒用了，活了八十一歲還是在地上爬呢！我想你看不着爺爺了，誰知沒有跌死，我又慢慢爬到炕上。」

我走的那天也是和我回來那天一樣，白色的臉的輪廓閃現在玻璃窗裏。

在院心我回頭看着祖父的面孔，走到大門口，在大門口我仍可看見，出了大門，就被門扇遮斷。

從這一次祖父就與我永遠隔絕了。雖然那次和祖父告別，並沒說出一個永別的字。我回來看祖父，這回門前吹着

喇叭，幡杆挑得比房頭更高，馬車離家很遠的時候，我已看到高高的白色幡杆了，吹鼓手們的喇叭愴涼地在悲號。馬車停在喇叭聲中，大門前的白幡、白對聯、院心的靈棚、鬧嚷嚷許多人，吹鼓手們響起嗚嗚的哀號。

這回祖父不坐在玻璃窗裏，是睡在堂屋的板牀上，沒有靈魂地躺在那裏。我要看一看他白色的鬍子，可是怎樣看呢！拿開他臉上蒙着的紙吧，鬍子、眼睛和嘴，都不會動了，他真的一點感覺也沒有了？我從祖父的袖管裏去摸他的手，手也沒有感覺了。祖父這回真死去了啊！

祖父裝進棺材去的那天早晨，正是後園裏玫瑰花開放滿樹的時候。我扯着祖父的一張被角，抬向靈前去。吹鼓手在靈前吹着大喇叭。

我怕起來，我號叫起來。

「咣咣！」黑色的，半尺厚的靈柩蓋子壓上去。

吃飯的時候，我飲了酒，用祖父的酒杯飲的。飯後我跑到後園玫瑰樹下去臥倒，園中飛着蜂子和蝴蝶，綠草的清涼的氣味，這都和十年前一樣。可是十年前死了媽媽。媽媽死後我仍是在園中撲蝴蝶；這回祖父死去，我卻飲了酒。

過去的十年我是和父親打鬥着生活。在這期間我覺得人是殘酷的東西。父親對我是沒有好面孔的，對於僕人也是沒有好面孔的，他對於祖父也是沒有好面孔的。因為僕人是窮人，祖父是老人，我是個小孩子，所以我們這些完全沒有保障的人就落到他的手裏。後來我看到新娶來的母親也落到他的手裏，他喜歡她的時候，便同她說笑，他惱怒時便罵她，母親漸漸也怕起父親來。

母親也不是窮人，也不是老人，也不是孩子，怎麼也怕起父親來呢？我到鄰家去看看，鄰家的女人也是怕男人。我到舅家去，舅母也是怕舅父。

我懂得的盡是些偏僻的人生，我想世間死了祖父，就沒有再同情我的人了，世間死了祖父，剩下的盡是些兇殘的人了。

我飲了酒，回想，幻想……

以後我必須不要家，到廣大的人羣中去，但我在玫瑰樹下顫怵了，人羣中沒有我的祖父。

所以我哭着，整個祖父死的時候我哭着。

蹲 在 洋 車 上

◀ 導讀：

　　本文作於 1934 年 3 月 16 日，發表於同月 30 日、31 日《國際協報》副刊《國際公園》，署名「悄吟」。後收入 1936 年出版的小說散文集《橋》，後曾改標題為《皮球》，收入《蕭紅散文》，1940 年由重慶大時代書局出版。

　　《蹲在洋車上》講述了一個童年的故事，在作者隨意透迤的情感驅遣下，故事從一種新鮮自由的牧歌式敍述轉向對拉車人處境的觀照，從小兒女的童稚情趣轉向對底層人的同情，對富人階層仗勢欺人行徑的揭發，即使欺人的是自己最愛的祖父。這正突出體現了蕭紅創作的鮮明個性：不給自己設限，真實表現自己的感受。

　　真正優秀的作家即使在書寫自我時也有大的氣魄和視野，能超越自我，不為自己所局限。蕭紅雖是一個身心俱受摧殘，被家庭、愛情和社會所放逐的不幸女性，她筆下卻經常出現那些被侮辱與被損害的底層人民，她知道自己是他們中的一個，她從不曾忘記他們。這個意義上，蕭紅自有其不可磨滅的價值。

看到了鄉巴佬坐洋車，忽然想起一個童年的故事。

當我還是小孩的時候，祖母常常進街。我們並不住在城外，只是離市鎮較偏的地方罷了！有一天，祖母又要進街，命令我：

「叫你媽媽把斗風給我拿來！」

那時因為我過於嬌慣，把舌頭故意縮短一些，叫斗篷作斗風，所以祖母學着我，把風字拖得很長。

她知道我最愛惜皮球，每次進街的時候，她問我：

「你要些甚麼呢？」

「我要皮球。」

「你要多大的呢？」

「我要這樣大的。」

我趕快把手臂拱向兩面，好像張着的鷹的翅膀。大家都笑了！祖父輕動着嘴脣，好像要罵我一些甚麼話，因我的小小的姿勢感動了他。

祖母的斗篷消失在高煙囱的背後。

等她回來的時候，甚麼皮球也沒帶給我，可是我也不追問一聲：

「我的皮球呢？」

因為每次她也不帶給我；下次祖母再上街的時候，我仍說是要皮球，我是說慣了，我是熟練而慣於做那種姿勢。

祖母上街盡是坐馬車回來，今天卻不是，她睡在彷彿是小槽子裏，大概是槽子裝置了兩個大車輪。非常輕快，雁似的從大門口飛來，一直到房門。在前面挽着的那個人，把祖母停下，我站在玻璃窗裏，小小的心靈上，有無限的奇祕

衝擊着。我以為祖母不會從那裏頭走出來，我想祖母為甚麼要被裝進槽子裏呢？我漸漸驚怕起來，我完全成個呆氣的孩子，把頭蓋頂住玻璃，想盡方法理解我所不能理解的那個從來沒有見過的槽子。

很快我領會了！見祖母從口袋裏拿錢給那個人，並且祖母非常興奮，她說叫着，斗篷幾乎從她的肩上脫溜下去！

「呵！今天我坐的東洋驢子回來的，那是過於安穩呀！還是頭一次呢，我坐過安穩的車子！」

祖父在街上也看見過人們所呼叫的東洋驢子，媽媽也沒有奇怪。只是我，仍舊頭皮頂撞在玻璃那兒，我眼看那個驢子從門口飄飄地不見了！我的心魂被引了去。

等我離開窗子，祖母的斗篷已是脫在炕的中央，她嘴裏叨叨地講着她街上所見的新聞。可是我沒有留心聽，就是給我吃甚麼糖果之類，我也不會留心吃，只是那樣的車子太吸引我了！太捉住我小小的心靈了！

夜晚在燈光裏，我們的鄰居，劉三奶奶搖閃着走來，我知道又是找祖母來談天的。所以我穩當當地佔了一個位置在桌邊。於是我咬起嘴脣來，彷彿大人樣能了解一切話語，祖母又講關於街上所見的新聞，我用心聽，我十分費力！

「……那是可笑，真好笑呢！一切人站下瞧，可是那個鄉巴佬還是不知道笑自己，拉車的回頭才知道鄉巴佬是蹲在車子前放腳的地方，拉車的問：『你為甚麼蹲在這地方？』」

「他說怕拉車的過於吃力，蹲着不是比坐着強嗎？比坐在那裏不是輕嗎？所以沒敢坐下……」

鄰居的劉三奶奶，笑得幾個殘齒完全擺在外面，我也笑

了！祖母還說，她感到這個鄉巴佬難以形容，她的態度，她用所有的一切字眼，都是引人發笑。

「後來那個鄉巴佬，你說怎麼樣，他從車上跳下來，拉車的問他為甚麼跳，他說：若是蹲着嗎，那還行。坐着，我實在沒有那樣的錢。拉車的說：坐着，我不多要錢。那個鄉巴佬到底不信這話，從車上搬下他的零碎東西，走了。他走了！」

我聽得懂，我覺得費力，我問祖母：

「你說的，那是甚麼驢子？」

她不懂我的半句話，拍了我的頭一下，當時我真是不能記住那樣繁複的名詞。過了幾天祖母又上街，又是坐驢子回來的，我的心裏漸漸羨慕那驢子，也想要坐驢子。

過了兩年，六歲了！我的聰明，也許是我的年歲吧！支持着我使我越見討厭我那個皮球，那真是太小，而又太舊了；我不能喜歡黑臉皮球，我愛上鄰家孩子手裏那個大的；買皮球，好像我的志願，一天比一天堅決起來。

向祖母說，她答：「過幾天買吧，你先玩這個吧！」

又向祖父請求，他答：「這個還不是很好嗎？不是沒有出氣嗎？」

我得知他們的意思是說舊皮球還沒有破，不能買新的。於是把皮球在腳下用力搗毀它，任是怎樣搗毀，皮球仍是很圓，很鼓，後來到祖父面前讓他替我踏破！祖父變了臉色，像是要打我，我跑開了！

從此，我每天表示不滿意的樣子。

終於一天晴朗的夏日，戴起小草帽來，自己出街去買

皮球了！朝向母親曾領我到過的那家鋪子走去，離家不遠的時候，我的心志非常光明，能夠分辨方向，我知道自己是向北走。過了一會，不然了！太陽我也找不着了！一些些的招牌，依我看來都是一個樣，街上的行人好像每個要撞倒我似的，就連馬車也好像是旋轉着。我不曉得自己走了多遠，只是我實在疲勞。不能再尋找那家商店；我急切地想回家，可是家也尋覓不到。我是從哪一條路來的？究竟家是在甚麼方向？

我忘記一切危險，在街心停住，我沒有哭，把頭向天，願看見太陽。因為平常爸爸不是拿指南針看看太陽就知道或南或北嗎？我雖然看了，只見太陽在街路中央，別的甚麼都不能知道，我無心留意街道，跌倒了在陰溝板上面。

「小孩！小心點。」

身邊的馬車夫驅着車子過去，我想問他我的家在甚麼地方，他走過了！我昏沉極了！忙問一個路旁的人：

「你知道我的家嗎？」

他好像知道我是被丟的孩子，或許那時候我的臉上有甚麼急慌的神色，那人跑向路的那邊去，把車子拉過來，我知道他是洋車夫，他和我開玩笑一般：

「走吧！坐車回家吧！」

我坐上了車，他問我，總是玩笑一般地：

「小姑娘，家在哪裏呀？」

我說：「我們離南河沿不遠，我也不知道哪面是南，反正我們南邊有河。」

走了一會，我的心漸漸平穩，好像被動盪的一盆水，漸

漸靜止下來，可是不多一會，我忽然憂愁了！抱怨自己皮球仍是沒有買成！從皮球聯想到祖母騙我給買皮球的故事，很快又聯想到祖母講的關於鄉巴佬坐東洋驢子的故事。於是我想試一試，怎樣可以像個鄉巴佬。該怎樣蹲法呢？輕輕地從座位滑下來，當我還沒有蹲穩當的時節，拉車的回過頭來：

「你要做甚麼呀？」

我說：「我要蹲一蹲試試，你答應我蹲嗎？」

他看我已經偎在車前放腳的那個地方，於是他向我深深地做了一個鬼臉，嘴裏哼着：

「倒好哩！你這個孩子，很會淘氣！」

車子跑得不很快，我忘記街上有沒有人笑我。車跑到紅色的大門樓，我知道到家了！我應該起來呀！應該下車呀！不，目的想給祖母一個意外的發笑，等車拉到院心，我仍蹲在那裏，像耍猴人的猴樣，一動不動。祖母笑着跑出來了！祖父也是笑！我怕他們不曉得我的意義，我用尖音喊：

「看我！鄉巴佬蹲東洋驢子！鄉巴佬蹲東洋驢子呀！」

只有媽媽大聲罵着我，忽然我怕她要打我，我是偷着上街的。

洋車忽然放停，從上面我倒滾下來，不記得被跌傷沒有。祖父猛力打了拉車的，說他欺侮小孩，說他不讓小孩坐車讓蹲在那裏。沒有給他錢，從院子把他轟出去。

所以後來，無論祖父對我怎樣疼愛，心裏總是生着隔膜，我不同意他打洋車夫，我問：

「你為甚麼打他呢？那是我自己願意蹲着。」

祖父把眼睛斜視一下：「有錢的孩子是不受甚麼氣的。」

現在我是二十多歲了！我的祖父死去多年了！在這樣的年代中，我沒發現一個有錢的人蹲在洋車上；他有錢，他不怕車夫吃力，他自己沒拉過車，自己所嚐到的，只是被拉着舒服的滋味。假若偶爾有錢家的小孩子要蹲在車廂中玩一玩，那麼孩子的祖父出來，拉洋車的便要被打。

可是我呢？現在變成個沒有錢的孩子了！

一九三四年三月十六日

小黑狗

導讀：

　　本文作於 1933 年 8 月 1 日，發表於 8 月 13 日《大同報》副刊《夜哨》，後編入《跋涉》。署名「悄吟」。

　　文章記敘一羣小狗的悲慘命運，字裏行間流露着女作家深沉的同情和憂傷的情調。雖然描寫對象是狗，但因由蕭紅文中的情感脈絡和心路歷程，見出文章正是作者自我生活的寫照和真實生命體驗的抒發。同之後發表的《商市街》一樣，作者創作態度的率真是一以貫之的，真摯、坦誠、不加藻飾、直抒胸臆，向讀者呈現出一個本真純淨的靈魂。在中國現代女性作家中，很少像蕭紅這樣罹患種種人生坎坷苦難，也很難找出像蕭紅這樣勇於表現自我、大膽剖白自己內心的作家。蕭紅率真和誠懇的文字，跨越了時空，帶給不同的人們一樣深切的感動。

像從前一樣，大狗是睡在門前的木枱上。望着這兩隻狗我沉默着。我自己知道又是想起我的小黑狗來了。

前兩個月的一天早晨，我去倒髒水。在房後的角落處，房東的使女小鈺蹲在那裏。她的黃頭髮毛蓬着，我記得清清的，她的衣扣還開着。我看見的是她的背面，所以我不能預測這是發生了甚麼！

我斟酌着我的聲音，還不等我向她問，她的手已在顫抖，唔！她顫抖的小手上有個小狗在閉着眼睛，我問：

「哪裏來的？」

「你來看吧！」

她說着，我只看她毛蓬的頭髮搖了一下，手上又是一個小狗在閉着眼睛。

不僅一個兩個，不能辨清是幾個，簡直是一小堆。我也和孩子一樣，和小鈺一樣歡喜着跑進屋去，在牀邊拉他的手：

「平森……啊，……喔喔……」

我的鞋底在地板上響，但我沒說出一個字來，我的嘴廢物似的啊喔着。他的眼睛瞪住，和我一樣，我是為了歡喜，他是為了驚愕。最後我告訴了他，是房東的大狗生了小狗。

過了四天，別的一隻母狗也生了小狗。

以後小狗都睜開眼睛了。我們天天玩着牠們，又給小狗搬了個家，把牠們都裝進木箱裏。

爭吵就是這天發生的：小鈺看見老狗把小狗吃掉一隻，怕是那隻老狗把牠的小狗完全吃掉，所以不同意小狗和那個老狗同居，大家就搶奪着把餘下的三個小狗也給裝進木箱

去，算是那隻白花狗生的。

那個毛褪得稀疏、骨格突露、瘦得龍樣似的老狗，追上來。白花狗仗着年輕不懼敵，哼吐着開仗的聲音。平時這兩條狗從不咬架，就連咬人也不會。現在兇惡極了，就像兩條小熊在咬架一樣。房東的男兒、女兒、聽差、使女，又加我們兩個，此時都沒有用了。不能使兩個狗分開。兩個狗滿院瘋狂地拖跑。人也瘋狂着。在人們吵鬧的聲音裏，老狗的乳頭脫掉一個，含在白花狗的嘴裏。

人們算是把狗打開了。老狗再追去時，白花狗已經把乳頭吐到地上，跳進木箱看護牠的一羣小狗去了。

脫掉乳頭的老狗，血流着，痛得滿院轉走。木箱裏牠的三個小狗卻擁擠着不是自己的媽媽，在安然地吃奶。

有一天，把個小狗抱進屋來放在桌上，牠害怕，不能邁步，全身有些顫，我笑着像是得意，說：

「平森，看小狗啊！」

他卻相反，說道：

「哼！現在覺得小狗好玩，長大要餓死的時候，就無人管了。」

這話間接的可以了解。我笑着的臉被這話毀壞了，用我寬寬的手，把小狗送了出去。我心裏有些不願意，不願意小狗將來餓死。可是我卻沒有說甚麼，面向後窗，我看望後窗外的空地；這塊空地沒有陽光照過，四面立着的是有產階級的高樓，幾乎是和陽光絕了緣。不知甚麼時候，小狗是腐了，爛了，擠在木板下，左近有蒼蠅飛着。我的心情完全神經質下去，好像躺在木板下的小狗就是我自己，像聽着蒼蠅

在自己已死的屍體上尋食一樣。

平森走過來，我怕又要證實他方才的話。我假裝無事，可是他已經看見那個小狗了。我怕他又要象徵着說甚麼，可是他已經說了：

「一個小狗死在這沒有陽光的地方，你覺得可憐麼？年老的叫化子不能尋食，死在陰溝裏，或是黑暗的街道上；女人，孩子，就是年輕人失了業的時候也是一樣。」

我願意哭出來，但我不能因為人都說女人一哭就算了事，我不願意了事。可是慢慢地我終於哭了！他說：「悄悄，你要哭麼？這是平常的事，凍死，餓死，黑暗死，每天都有這樣的事情，把持住自己。渡我們的橋樑吧，小孩子！」

我怕着羞，把眼淚拭乾了，但，終日我是心情寞寞。

過了些日子，十二個小狗之中又少了兩個。但是剩下的這些更可愛了。會搖尾巴，會學着大狗叫，跑起來在院子就是一小羣。有時門口來了生人，牠們也跟着大狗跑去，並不咬，只是搖着尾巴，就像和生人要好似的，這或是小狗還不曉得牠們的責任，還不曉得保護主人的財產。

天井中納涼的軟椅上，房東太太吸着煙。她開始說家常話了。結果又說到了小狗：

「這一大羣甚麼用也沒有，一個好看的也沒有，過幾天把牠們遠遠地送到馬路上去。秋天又要有一羣，厭死人了！」

坐在軟椅旁邊的是個六十多歲的老更倌。眼花着，有主意的嘴結結巴巴地說：

「明明……天，用麻……袋背送到大江去……」

小鈺是個小孩子，她說：

「不用送大江，慢慢都會送出去。」

小狗滿院跑跳。我最願意看的是牠們睡覺，多是一個壓着一個脖子睡，小圓肚一個個地相擠着。是凡來了熟人的時候都是往外介紹，生得好看一點的抱走了幾個。

其中有一個耳朵最大，肚子最圓的小黑狗，算是我的了。我們的朋友用小提籃帶回去兩個，剩下的只有一個小黑狗和一個小黃狗。老狗對牠兩個非常珍惜起來，爭着給小狗去舐絨毛。這時候，小狗在院子裏已經不成羣了。

我從街上回來，打開窗子。我讀一本小說。那個小黃狗撓着窗紗，和我玩笑似的豎起身子來，撓了又撓。

我想：

「怎麼幾天沒有見到小黑狗呢？」

我喊來了小鈺。別的同院住的人都出來了，找遍全院，不見我的小黑狗。馬路上也沒有可愛的小黑狗，再也看不見牠的大耳朵了！牠忽然是失了蹤！

又過三天，小黃狗也被人拿走。

沒有媽媽的小鈺向我說：

「大狗一聽隔院的小狗叫，牠就想起牠的孩子。可是滿院急尋，上樓頂去張望。最終一個都不見，牠哽哽地叫呢！」

十三個小狗一個不見了！和兩個月以前一樣，大狗是孤獨地睡在木柁上。

平森的小腳，鴿子形的小腳，棲在牀單上，他是睡了。我在寫，我在想，玻璃窗上的三個蒼蠅在飛……

一九三三年八月一日

歐羅巴旅館

導讀：

本文曾刊登於 1936 年《文學季刊》第一卷第二期，後收入散文集《商市街》，並於同年由文化生活出版社出版，署名「悄吟」。

《商市街》是一部自傳性的抒情散文集，是蕭紅對當年在哈爾濱與愛人蕭軍兩人孤立無援、相依為命生活的回憶。歐羅巴旅館是她漂泊生涯的一個驛站，而且是極其重要的一個，因為這裏是她和蕭軍度蜜月的地方，旅館見證着他們的愛情，見證着他們相濡以沫的生活，但同時也是二人苦難生活的開端。雖是旅館，但畢竟可以稍得安頓，蕭紅最初對其還抱有一些浪漫憧憬（「住在這白色的小室，我好像住在幔帳中一般」），這裏乾淨潔白，有枕頭，有牀單，牀單上有突起的花紋，設備基本齊全，環境還算寧靜，似乎看上去挺完美，但現實很快驅散了她這點虛幻的浪漫，他們沒錢交房租，最後小室被一洗而空，還原其醜陋污穢的真相（「牀上一張腫脹的草褥赤現在那裏，破木桌一些黑點和白圈顯露出來，大藤椅也好像跟着變了顏色」），跟着便是與軍警之間的誤會和爭執。憧憬破滅，新世界沒有給她任何關於美善的許諾，帶給她的只有排斥和打擊，沒有甚麼安穩可言。

哀傷從蕭紅優美的文字中汩汩而出，讀來平凡又極其震撼人心。

　　樓梯是那樣長，好像讓我順着一條小道爬上天頂。其實只是三層樓，也實在無力了。手扶着樓欄，努力拔着兩條顫顫的，不屬於我的腿，升上幾步，手也開始和腿一般顫。

　　等我走進那個房間的時候，和受辱的孩子似的偎上牀去，用袖口慢慢擦着臉。他 —— 郎華，我的情人，那時候他還是我的情人，他問我：「你哭了嗎？」

　　「為甚麼哭呢？我擦的是汗呀，不是眼淚呀！」

　　不知是幾分鐘過後，我才發現這個房間是如此的白，棚頂是斜坡的棚頂，除了一張牀，地下有一張桌子，一張藤椅。離開牀沿用不到兩步可以摸到桌子和椅子。開門時，那更方便，一張門扇躺在牀上可以打開。住在這白色的小室，我好像住在幔帳中一般。我口渴，我說：「我應該喝一點水吧！」

　　他要為我倒水時，他非常着慌，兩條眉毛好像要連接起來，在鼻子的上端扭動了好幾下：「怎樣喝呢？用甚麼喝？」

　　桌子上除了一塊潔白的桌布，乾淨是連灰塵都不存在。

　　我有點昏迷，躺在牀上聽他和茶房在過道說了些時，又聽到門響，他來到牀邊。我想他一定舉着杯子在牀邊，卻不，他的手兩面卻分張着：

　　「用甚麼喝？可以吧？用臉盆來喝吧！」

　　他去拿藤椅上放着才帶來的臉盆時，毛巾下面的刷牙缸被他發現，於是拿着刷牙缸走去。

　　旅館的過道是那樣寂靜，我聽他踏着地板來了。

　　正在喝着水，一隻手指抵在白牀單上，我用發顫的手指撫來撫去。他說：

「你躺下吧！太累了。」

我躺下也是用手指撫來撫去，牀單有突起的花紋，並且白得有些閃我的眼睛，心想：不錯的，自己正是沒有牀單。我心想的話他卻說出了！

「我想我們是要睡空牀板的，現在連枕頭都有。」說着，他拍打我枕在頭下的枕頭。

「咯咯 —— 」有人打門，進來一個高大的俄國女茶房，身後又進來一個中國茶房：

「也租鋪蓋嗎？」

「租的。」

「五角錢一天。」

「不租。」「不租。」我也說不租，郎華也說不租。

那女人動手去收拾：軟枕，牀單，就連桌布她也從桌子扯下去。牀單夾在她的腋下，一切都夾在她腋下。一秒鐘，這潔白的小室跟隨她花色的包頭巾一同消失去。

我雖然是腿顫，雖然肚子餓得那樣空，我也要站起來，打開柳條箱去拿自己的被子。

小室被劫了一樣，牀上一張腫脹的草褥赤現在那裏，破木桌一些黑點和白圈顯露出來，大藤椅也好像跟着變了顏色。

晚飯以前，我們就在草褥上吻着抱着過的。

晚飯就在桌子上擺着，黑「列巴」[1]和白鹽。

---

[1] 「列巴」，俄語，麵包。

晚飯以後，事件就開始了：

開門進來三四個人，黑衣裳，掛着槍，掛着刀。進來先拿住郎華的兩臂，他正赤着胸膛在洗臉，兩手還是濕着。他們那些人，把箱子弄開，翻揚了一陣：

「旅館報告你帶槍，沒帶嗎？」那個掛刀的人問。隨後那人在牀下扒得了一個長紙卷，裏面捲的是一支劍。他打開，抖着劍柄的紅穗頭：

「你哪裏來的這個？」

停在門口那個去報告的俄國管事，揮着手，急得漲紅了臉。

警察要帶郎華到局子裏去。他也預備跟他們去，嘴裏不住地說：「為甚麼單獨用這種方式檢查我、妨礙我？」

最後警察溫和下來，他的兩臂被放開，可是他忘記了穿衣裳，他濕水的手也乾了。

原因日間那白俄來取房錢，一日兩元，一月六十元。我們只有五元錢。馬車錢來時去掉五角。那白俄說：

「你的房錢，給！」他好像知道我們沒有錢似的，他好像是很着忙，怕是我們跑走一樣。他拿到手中兩元票子又說：「六十元一月，明天給！」原來包租一月三十元，為了松花江漲水才有這樣的房價。如此，他搖手瞪眼地說：「你的明天搬走，你的明天走！」

郎華說：「不走，不走……」

「不走不行，我是經理。」

郎華從牀下取出劍來，指着白俄：

「你快給我走開，不然，我宰了你。」

他慌張着跑出去了，去報告警察，説我們帶着兇器，其實劍裹在紙裏，那人以為是大槍，而不知是一支劍。

　　結果警察帶劍走了，他説：「日本憲兵若是發現你有劍，那你非吃虧不可，了不得的，説你是大刀會。我替你寄存一夜，明天你來取。」

　　警察走了以後，閉了燈，鎖上門，街燈的光亮從小窗口跑下來，淒淒淡淡的，我們睡了。在睡中不住想：警察是中國人，倒比日本憲兵強得多啊！

　　天明了，是第二天，從朋友處被逐出來是第二天了。

破落之街

導讀:

　　本文作於 1933 年 12 月 27 日,發表刊物、發表時間均不詳,後收入散文集《橋》。署名「悄吟」。這仍舊是一篇自敍性的散文,描述了她掙扎在最底層、艱難度日的生活片段。蕭紅極善於細節的描寫,她總能觀察並捕捉到生活中極其細微之處,筆法簡捷利落。文中寫到將一條鞋帶斷成兩段使用,就是其中一個令人酸鼻的細節,鮮明而深切地表現了自身窮困的程度。

　　在文章裏,蕭紅對自己的生活狀態和精神處境做了反省和自我批判:「灰色的四面牆,好像匣子,好像籠子,牆壁在逼着我,使我的思想沒有用,使我的力量不能與人接觸,不能用於世」,揭示了接受五四思想的「新女性」,沒有職業,沒有發展的生存困境和精神困境,這是那個時代知識女性普遍性的遭際。但蕭紅的獨特性在於,她超越了個人的悲歡,時刻關注窮苦人的生存狀況,這是她女性的視角之外的另一個更寬廣的視角 —— 階級的視角。對這條與最窮苦的人共同生活過的破落之街,她寫道:「這破落之街我們一年沒有到過了,我們的生活技術比他們高,和他們不同,我們是從水泥中向外爬。可是他們永遠留在那裏,那裏淹沒着他們的一生,也淹沒着他們的子子孫孫。但是這要淹沒到甚

麼時候呢？」這裏湧動着對底層人民自然真摯的關切和同情，因為從其中而來，所以能夠深刻理解，因這深刻的理解，她有了更廣闊的慈悲。

天明了，白白的陽光空空地染了全室。

我們快穿衣服，摺好被子，平結他自己的鞋帶，我結我的鞋帶。他到外面去打臉水，等他回來的時候，我氣憤地坐在牀沿。他手中的水盆被他忘記了，有水潑到地板。他問我，我氣憤着不語，把鞋子給他看。

鞋帶是斷成三段了，現在又斷了一段。他重新解開他的鞋子，我不知他在做甚麼，我看他向桌間尋了尋，他是找剪刀，可是沒買剪刀，他失望地用手把鞋帶做成兩段。

一條鞋帶也要分成兩段，兩個人束着一條鞋帶。

他拾起桌上的銅板說：

「就是這些嗎？」

「不，我的衣袋還有哩！」

那僅是半角錢，他皺眉，他不願意拿這票子。終於下樓了，他說：「我們吃甚麼呢？」

用我的耳朵聽他的話，用我的眼睛看我的鞋，一隻是白鞋帶，另一隻是黃鞋帶。

秋風是緊了，秋風的淒涼特別在破落之街道上。

蒼蠅滿集在飯館的牆壁，一切人忙着吃喝，不聞蒼蠅。

「伙計，我來一分錢的辣椒白菜。」

「我來二分錢的豆芽菜。」

別人又喊了，伙計滿頭是汗。

「我再來一斤餅。」

蒼蠅在那裏好像是啞靜了，我們同別的一些人一樣，不講衛生和體面，我覺得女人必須不應該和一些下流人同桌吃飯，然而我是吃了。

走出飯館門時，我很痛苦，好像快要哭出來，可是我甚麼人都不能抱怨。平他每次吃完飯都要問我：

「吃飽沒有？」

我說：「飽了！」其實仍有些不飽。

今天他讓我自己上樓：「你進屋去吧！我到外面有點事情。」

好像他不是我的愛人似的，轉身下樓離我而去了。

在房間裏，陽光不落在牆壁上，那是灰色的四面牆，好像匣子，好像籠子，牆壁在逼着我，使我的思想沒有用，使我的力量不能與人接觸，不能用於世。

我不願意我的腦漿翻絞，又睡下，拉我的被子，在牀上輾轉，彷彿是個病人一樣，我的肚子叫響，太陽西沉下去，平沒有回來。我只吃過一碗玉米粥，那還是清早。

他回來，只是自己回來，不帶饅頭或別的充飢的東西回來。

肚子越響了，怕給他聽着這肚子的呼喚，我把肚子翻向牀，壓住這呼喚。

「你肚疼嗎？」

我說不是，他又問我：

「你有病嗎？」

我仍說不是。

「天快黑了，那麼我們去吃飯吧！」

他是借到錢了嗎？

「五角錢哩！」

泥濘的街道，沿路的屋頂和蜂巢樣密擠着，平房屋頂，

又生出一層平屋來。那是用板釘成的，看起來像是樓房，也閉着窗子，歇着門。可是生在樓房裏的不像人，是些豬玀，是污濁的羣。我們往來都看見這樣的景致。現在街道是泥濘了，肚子是叫喚了！一心要奔到蒼蠅堆裏，要吃饅頭。桌子的對邊那個老頭，他嘮叨起來了，大概他是個油匠，鬍子染着白色，不管衣襟或袖口，都有斑點花色的顏料，他用有顏料的手吃東西。並沒能發現他是不講衛生，因為我們是一道生活。

他嚷了起來，他看一看沒有人理他，他升上木凳好像老旗杆樣，人們舉目看他。終歸他不是造反的領袖，那是私事，他的粥碗裏面睡着個蒼蠅。

大家都笑了，笑他一定在發神經病。

「我是老頭子了，你們拿蒼蠅餵我！」他一面說，有點傷心。

一直到掌櫃的呼喚伙計再給他換一碗粥來，他才從木凳降落下來。但他寂寞着，他的頭搖曳着。

這破落之街我們一年沒有到過了，我們的生活技術比他們高，和他們不同，我們是從水泥中向外爬。可是他們永遠留在那裏，那裏淹沒着他們的一生，也淹沒着他們的子子孫孫，但是這要淹沒到甚麼時候呢？

我們也是一條狗，和別的狗一樣沒有心肝。我們從水泥中自己向外爬，忘記別人，忘記別人。

一九三三年十二月二十七日

餓

◖ 導讀：

　　本文曾刊登於 1935 年《文學》第四卷第六號，後收入散文集《商市街》。蕭紅一生坎坷，受盡人世冷暖，對飢餓、寒冷、疾病、貧窮的體驗幾乎是深入骨髓的。《商市街》便是這樣一種生活的實錄，裏面記載了她與蕭軍二人在哈爾濱共同度過的那段困窘、艱難、孤立無援的日子，用文學之筆揭示了生活在最底層的女性生存的真相。「飢餓」是她那時無時無刻不在遭遇的真切感受之一，也是《商市街》裏頭隨處可見的關鍵詞。

　　與描述一種事件的來龍去脈不同，飢餓作為一種「抽象」的感覺，沒有確切的邏輯，因而需要落到實處，蕭紅用率真的充滿感情的文字，將這種獨特的心理感受刻畫得極其逼真可感。文章大致可分成三部分：極度的飢餓引發偷食的念頭；看到窗外一個女人乞討的情景；接待舊學校來訪的老師。這三件事看上去不相類屬，毫無關聯，彼此間的過渡也沒有明顯的勾連，但都由「餓」而起，一脈貫穿，不求章法，不講結構，這正是蕭紅由情感所牽引、筆隨意走、不落窠臼的寫作風格。

「列巴圈」掛在過道別人的門上，過道好像還沒有天明，可是電燈已經熄了。夜間遺留下來睡矇的氣息充塞在過道，茶房氣喘着，抹着地板。我不願醒得太早，可是已經醒了，同時再不能睡去。

廁所房的電燈仍開着，和夜間一般昏黃，好像黎明還沒有到來，可是「列巴圈」已經掛上別人家的門了！有的牛奶瓶也規規矩矩地等在別的房間外。只要一醒來，就可以隨便吃喝。但，這都只限於別人，是別人的事，與自己無關。

扭開了燈，郎華睡在牀上，他睡得很恬靜，連呼吸也不震動空氣一下。聽一聽過道連一個人也沒走動。全旅館的三層樓都在睡中，越這樣靜越引誘我，我的那種想頭越堅決。過道尚沒有一點聲息，過道越靜越引誘我，我的那種想頭越想越充脹我：去拿吧！正是時候，即使是偷，那就偷吧！

輕輕扭動鑰匙，門一點響動也沒有。探頭看了看，「列巴圈」對門就掛着，東隔壁也掛着，西隔壁也掛着。天快亮了！牛奶瓶的乳白色看得真真切切，「列巴圈」比每天也大了些，結果甚麼也沒有去拿，我心裏發燒，耳朵也熱了一陣，立刻想到這是「偷」。兒時的記憶再現出來，偷梨吃的孩子最羞恥。過了好久，我就貼在已關好的門扇上，大概我像一個沒有靈魂的、紙剪成的人貼在門扇。大概這樣吧：街車喚醒了我，馬蹄嗒嗒、車輪吱吱地響過去。我抱緊胸膛，把頭也掛在胸口，向我自己心說：「我餓呀！不是『偷』呀！」

第二次又打開門，這次我決心了！偷就偷，雖然是幾個「列巴圈」，我也偷，為着我「餓」，為着他「餓」。

第二次失敗，那麼不去做第三次了。下了最後的決心，爬上牀，關了燈，推一推郎華，他沒有醒。我怕他醒。在「偷」這一刻，郎華也是我的敵人；假若我有母親，母親也是敵人。

天亮了！人們醒了。做家庭教師，無錢吃飯也要去上課，並且要練武術。他喝了一杯茶走的，過道那些「列巴圈」早已不見，都讓別人吃了。

從昨夜到中午，四肢軟弱一點，肚子好像被踢打放了氣的皮球。

窗子在牆壁中央，天窗似的，我從窗口升了出去，赤裸裸，完全和日光接近；市街臨在我的腳下，直線的，錯綜着許多角度的樓房，大柱子一般工廠的煙囱，街道橫順交織着，禿光的街樹。白雲在天空作出各樣的曲線，高空的風吹亂我的頭髮，飄蕩我的衣襟。市街像一張繁繁雜雜顏色不清晰的地圖，掛在我們眼前。樓頂和樹梢都掛住一層稀薄的白霜，整個城市在陽光下閃閃爍爍撒了一層銀片。我的衣襟被風拍着作響，我冷了，我孤孤獨獨地好像站在無人的山頂。每家樓頂的白霜，一刻不是銀片了，而是些雪花、冰花，或是甚麼更嚴寒的東西在吸我，像全身浴在冰水裏一般。

我披了棉被再出現到窗口，那不是全身，僅僅是頭和胸突在窗口。一個女人站在一家藥店門口討錢，手下牽着孩子，衣襟裏着更小的孩子。藥店沒有人出來理她，過路人也不理她，都像說她有孩子不對，窮就不該有孩子，有也應該餓死。

我只能看到街路的半面，那女人大概向我的窗下走來，

因為我聽見那孩子的哭聲很近。

「老爺，太太，可憐可憐⋯⋯」可是看不見她在追逐誰，雖然是三層樓，也聽得這般清楚，她一定是跑得顛顛斷斷地呼喘：「老爺老爺⋯⋯可憐吧！」

那女人一定正像我，一定早飯還沒有吃，也許昨晚的也沒有吃。她在樓下急迫地來回的呼聲傳染了我，肚子立刻響起來，腸子不住地呼叫⋯⋯

郎華仍不回來，我拿甚麼來餵肚子呢？桌子可以吃嗎？草褥子可以吃嗎？

曬着陽光的行人道，來往的行人，小販乞丐⋯⋯這一些看得我疲倦了！打着呵欠，從窗口爬下來。

窗子一關起來，立刻生滿了霜，過一刻，玻璃片就流着眼淚了！起初是一條條的，後來就大哭了！滿臉是淚，好像在行人道上討飯的母親的臉。

我坐在小屋，像餓在籠中的雞一般，只想合起眼睛來靜着，默着，但又不是睡。

「咯，咯！」這是誰在打門！我快去開門，是三年前舊學校裏的圖畫先生。

他和從前一樣很喜歡說笑話，沒有改變，只是胖了一點，眼睛又小了一點。他隨便說，說得很多。他的女兒，那個穿紅花旗袍的小姑娘，又加了一件黑絨上衣，她在藤椅上，怪美麗的。但她有點不耐煩的樣子：「爸爸，我們走吧。」小姑娘哪裏懂得人生！小姑娘只知道美，哪裏懂得人生？

曹先生問：「你一個人住在這裏嗎？」

「是——」我當時不曉得為甚麼答應「是」，明明是和郎華同住，怎麼要說自己住呢？

好像這幾年並沒有別開，我仍在那個學校讀書一樣。他說：

「還是一個人好，可以把整個的心身獻給藝術。你現在不喜歡畫，你喜歡文學，就把全身心獻給文學。只有忠心於藝術的心才不空虛，只有藝術才是美，才是真美。愛情這話很難說，若是為了性慾才愛，那麼就不如臨時解決，隨便可以找到一個，只要是異性。愛是愛，愛很不容易，那麼就不如愛藝術，比較不空虛……」

「爸爸，走吧！」小姑娘哪裏懂得人生，只知道「美」，她看一看這屋子一點意思也沒有，牀上只鋪一張草褥子。

「是，走——」曹先生又說，眼睛指着女兒：「你看我，十三歲就結了婚，這不是嗎，曹雲都十五歲啦！」

「爸爸，我們走吧！」

他和幾年前一樣，總愛說「十三歲」就結了婚，差不多全校同學都知道曹先生是十三歲結婚的。

「爸爸，我們走吧！」

他把一張票子丟在桌上就走了！那是我寫信去要的。

郎華還沒有回來，我應該立刻想到餓，但我完全被青春迷惑了，讀書的時候，哪裏懂得「餓」？只曉得青春最重要，雖然現在我也並沒老，但總覺得青春是過去了！過去了！

我冥想了一個長時期，心浪和海水一般翻了一陣。

追逐實際吧！青春唯有自私的人才繫念她，「只有飢寒，沒有青春。」

幾天沒有去過的小飯館，又坐在那裏邊吃喝了。「很累了吧！腿可疼？道外道裏要有十五里路。」我問他。

只要有得吃，他也很滿足，我也很滿足。其餘甚麼都忘了！

那個飯館，我已經習慣，還不等他坐下，我就搶個地方先坐下，我也把菜的名字記得很熟，甚麼辣椒白菜啦，雪裏蕻豆腐啦……甚麼醬魚啦！怎麼叫醬魚呢？哪裏有魚！用魚骨頭炒一點醬，借一點腥味就是啦！我很有把握，我簡直都不用算一算就知道這些菜也超不過一角錢。因此我用很大的聲音招呼，我不怕，我一點也不怕花錢。

回來沒有睡覺之前，我們一面喝着開水，一面說：

「這回又餓不着了，又夠吃些日子。」

閉了燈，又滿足又安適地睡了一夜。

初冬

◖ 導讀：

　　本文作於 1935 年初冬，發表於《生活知識》1936 年第一卷第七期，署名「蕭紅」，後收入《橋》，又收入《蕭紅散文》。文中的「瑩姐」，即蕭紅的本名「張乃瑩」，「弟弟」係她的堂弟，即二伯父長子張秀琦，當時在東特區第一中學讀書。文章記述了蕭紅 1931 年從北平返回哈爾濱後在外漂泊的一段生活，在此期間與堂弟在街頭邂逅。蕭紅向堂弟表達了跟家庭決裂的決心，並對堂弟向她表示的一些人間的溫暖和情意心存感謝。

　　魯迅曾以娜拉為例，說娜拉在家庭的「籠子裏固然不自由，而一出籠門，外面便又有鷹、有貓，以及別的甚麼東西之類」，表示了對出走後的知識女性前途的擔憂。蕭紅在哈爾濱街頭流浪的種種遭際亦是如此。但她沒有捶胸頓足，呼天搶地，而是以簡潔的語言，冷靜的語調，通過內心情緒與外界環境的對照，「我」與弟弟不同處境、不同性格、不同心緒的對照，傾訴出內心的巨大創痛，自有一種悽楚動人的美，而蕭紅敢於獨自闖蕩、寧折不彎的性格於此可見一斑。

初冬，我走在清涼的街道上，遇見了我的弟弟。

「瑩姐，你走到哪裏去？」

「隨便走走吧！」

「我們去吃一杯咖啡，好不好，瑩姐。」

咖啡店的窗子在簾幕下掛着蒼白的霜層。我把領口脫着毛的外衣搭在衣架上。

我們開始攪着杯子鈴鄉地響了。

「天冷了吧！並且也太孤寂了，你還是回家的好。」弟弟的眼睛是深黑色的。

我搖了搖頭，我說：「你們學校的籃球隊近來怎麼樣？還活躍嗎？你還很熱心嗎？」

「我擲筐擲得更進步，可惜你總也沒到我們球場上來了。你這樣不暢快是不行的。」

我仍攪着杯子，也許飄流久了的心情，就和離了岸的海水一般，若非遇到大風是不會翻起的。我開始弄着手帕。弟弟再向我說甚麼我已不去聽清他，彷彿自己是沉墜在深遠的幻想的井裏。

我不記得咖啡怎樣被我吃乾了杯了。茶匙在攪着空的杯子時，弟弟說：「再來一杯吧！」

女侍者帶着歡笑一般飛起的頭髮來到我們桌邊，她又用很響亮的腳步搖搖地走了去。

也許因為清早或天寒，再沒有人走進這咖啡店。在弟弟默默看着我的時候，在我的思想凝靜得玻璃一般平的時候，壁間暖氣管小小嘶鳴的聲音都聽得到了。

「天冷了，還是回家好，心情這樣不暢快，長久了是無益的。」

「怎麼！」

「太壞的心情與你有甚麼好處呢？」

「為甚麼要説我的心情不好呢？」

我們又都攪着杯子。有外國人走進來，那響着嗓子的、嘴不住在説的女人，就坐在我們的近邊。她離得我越近，我越嗅到她滿衣的香氣，那使我感到她離得我更遼遠，也感到全人類離得我更遼遠。也許她那安閒而幸福的態度與我一點聯繫也沒有。

我們攪着杯子，杯子不能像起初攪得發響了。街車好像漸漸多了起來，閃在窗子上的人影，迅速而且繁多了。隔着窗子，可以聽到喑啞的笑聲和喑啞的踏在行人道上的鞋子的聲音。

「瑩姐。」弟弟的眼睛是深黑色的，「天冷了，再不能飄流下去，回家去吧！」弟弟説：「你的頭髮這樣長了，怎麼不到理髮店去一次呢？」我不知道為甚麼被他這話所激動了。

也許要熄滅的燈火在我心中復燃起來，熱力和光明鼓盪着我：

「那樣的家我是不想回去的。」

「那麼飄流着，就這樣飄流着？」弟弟的眼睛是深黑色的。他的杯子留在左手裏邊，另一隻手在桌面上，手心向上翻張了開來，要在空間摸索着甚麼似的。最後，他是捉住自己的領巾。我看着他在抖動的嘴脣：「瑩姐，我真擔心你這個女浪人！」他牙齒好像更白了些，更大些，而且有力了，而且充滿熱情了。為熱情而波動，他的嘴脣是那樣的退去了

顏色。並且他的全人有些近乎狂人，然而安靜，完全被熱情侵佔着。

出了咖啡店，我們在結着薄碎的冰雪上面踏着腳。

初冬，早晨的紅日撲着我們的頭髮，這樣的紅光使我感到欣快和寂寞。弟弟不住地在手下搖着帽子，肩頭聳起了又落下了；心臟也是高了又低了。

渺小的同情者和被同情者離開了市街。

停在一個荒敗的棗樹園的前面時，他突然把很厚的手伸給了我，這是我們要告別了。

「我到學校去上課！」他脫開我的手，向着我相反的方向背轉過去。可是走了幾步，又轉回來：

「瑩姐，我看你還是回家的好！」

「那樣的家我是不能回去的，我不願意受和我站在兩極端的父親的豢養……」

「那麼你要錢用嗎？」

「不要的。」

「那麼，你就這個樣子嗎？你瘦了！你快要生病了！你的衣服也太薄啊！」弟弟的眼睛是深黑色的，充滿着祈禱和願望。我們又握過手，分別向不同的方向走去。

太陽在我的臉面上閃閃耀耀。仍和未遇見弟弟以前一樣，我穿着街頭，我無目的地走。寒風，刺着喉頭，時時要發作小小的咳嗽。

弟弟留給我的是深黑色的眼睛，這在我散漫與孤獨的流蕩人的心板上，怎能不微溫了一個時刻？

又是春天

導讀：

　　本文選自《商市街》。美國漢學家葛浩文對蕭紅有這樣的評價：「蕭紅確是一位富有感情的人，她這些感情，在她的生活中固然是她的悲劇根源之一，但在她的文學作品中，竟是最具撼動力的一面。」這樣深沉、充盈、時刻流動的情感，使得蕭紅的文字充滿了清新明朗的抒情性特徵。

　　譬如《又是春天》的開頭描寫初春的松花江：「太陽帶來了暖意，松花江靠岸的江冰坍下去……江上的雪已經不是閃眼的白色，變成灰的了……江冰順着水慢慢流動起來，那是很好看的，有意流動，也像無意流動，大塊冰和小塊冰輕輕地互相擊撞發着響，嘟嘟着。這種響聲，像是瓷器相碰的響聲似的……然而它們是走的，幽遊一般，也像有生命似的，看起來比人更快活。」這條大江在這樣的筆墨裏有靜有動、有聲有色，構成一幅生氣盎然的畫面。

　　同《商市街》裏其他文章一樣，本文的立意並不在這詩意的春天上，但在蕭紅窮困潦倒的生活裏面，這初春開江的景象依然折射出她對真善美的事物充滿的熱忱和憧憬。

太陽帶來了暖意，松花江靠岸的江冰坍下去，融成水了，江上用人支走的爬犁漸少起來。汽車更沒有一輛在江上行走了。松花江失去了它冬天的威嚴，江上的雪已經不是閃眼的白色，變成灰的了。又過幾天，江冰順着水慢慢流動起來，那是很好看的，有意流動，也像無意流動，大塊冰和小塊冰輕輕地互相擊撞發着響，嘟嘟着。這種響聲，像是瓷器相碰的響聲似的，也像玻璃相碰的響聲似的。立在江邊，我起了許多幻想：這些冰塊流到哪裏去？流到大海去吧！也怕是到不了海，陽光在半路上就會全數把它們消滅⋯⋯

然而它們是走的，幽遊一般，也像有生命似的，看起來比人更快活。

那天在江邊遇到一些朋友，於是大家同意去走江橋。我和郎華走得最快，松花江在腳下東流，鐵軌在江空發嘯，滿江面的冰塊，滿天空的白雲。走到盡頭，那裏並不是郊野，看不見綠絨絨的草地，看不見綠樹，塞外的春來得這樣遲啊！我們想吃酒，於是沿着土堤走下去，然而尋不到酒館，江北完全是破落人家，用泥土蓋成的房子，用些草織成的短牆。

「怎麼聽不到雞鳴？」

「要聽雞鳴做甚麼？」人們坐在土堤上揩着面孔，走得熱了。

後來，我們去看一個戰艦，那是一九二九年和蘇俄作戰時被打沉在江底的，名字是「利捷」。每個人用自己所有的思想來研究這戰艦，但那完全是瞎說，有的說汽鍋被打碎了才沉江的，有的說把駕船人打死才沉江的。一個洞又一個

洞。這樣的軍艦使人感到殘忍，正相同在街上遇見的在戰場上丟了腿的人一樣，他殘廢了，別人稱他是個廢人。

這個破戰艦停在船塢裏完全發霉了。

他的上脣掛霜了

導讀：

　　本文選自《商市街》。《商市街》共收散文四十一篇，有着明顯的自傳性和連貫性，正如蕭軍所言：「這僅僅是一點不折不扣的生活紀錄。」在商市街的同居生活時期，蕭紅的人生面臨着生計的嚴峻考驗，《商市街》是她對這段生活經歷刻苦銘心的感懷，呈現了令人心酸的人生社會圖景。集子裏許多文字刻寫了飢餓、孤獨、受人歧視等心理感受，蕭紅往往採用實幻相生的意識流手法來表現。

　　在《他的上脣掛霜了》一文中，她站在過道裏，嗅到了隔得很遠的汪家廚房飄出來炒醬的氣味，猜想「他家吃炸醬麵吧！」從而引發了幻聽：「炒醬的鐵勺子一響，都像說：炸醬，炸醬麵……」寫出了因飢餓引發的視覺、嗅覺、聽覺上的「幻覺」，多方面地展現了蕭紅飢腸轆轆時的心理狀況。

　　商市街的同居生活雖是二人生活最艱難的時期，但也是最恩愛的相濡以沫的時期。就像在本文中所呈現的那樣，當蕭軍出去為生活奔波時，蕭紅就倚門望歸，望穿秋水。在日後並不漫長的人生歲月裏，這些對蕭紅的一生意義重大。

　　他夜夜出去在寒月的清光下，到五里路遠一條僻街上去教兩個人讀國文課本。這是新找到的職業，不能說是職業，只能說新找到十五元錢。

　　禿着耳朵，夾外套的領子還不能遮住下巴，就這樣夜夜出去，一夜比一夜冷了！聽得見人們踏着雪地的響聲也更大。他帶着雪花回來，褲子下口全是白色，鞋也被雪浸了一半。

　　「又下雪嗎？」

　　他一直沒有回答，像是同我生氣。把褲子脫下來，雪積滿他的襪口，我拿他的襪子在門扇上打着，只有一小部分雪星是震落下來，襪子的大部分全是潮濕了的，等我在火爐上烘襪子的時候，一種很難忍的氣味滿屋散佈着。

　　「明天早晨晚些吃飯，南崗有一個要學武術的。等我回來吃。」他說這話，完全沒有聲色，把聲音弄得很低很低……或者他想要嚴肅一點，也或者他把這事故意看做平凡的事。總之，我不能猜到了！

　　他赤了腳，穿上「傻鞋」，去到對門上武術課。

　　「你等一等，襪子就要烘乾的。」

　　「我不穿。」

　　「怎麼不穿，汪家有小姐的。」

　　「有小姐，管甚麼？」

　　「不是不好看嗎？」

　　「甚麼好看不好看！」他光着腳去，也不怕小姐們看，汪家有兩個很漂亮的小姐。

　　他很忙，早晨起來，就跑到南崗去，吃過飯，又要給他

的小徒弟上國文課。一切忙完了，又跑出去借錢。晚飯後，又是教武術，又是去教中學課本。

夜間，他睡覺醒也不醒轉來，我感到非常孤獨了！白晝使我對着一些家具默坐，我雖生着嘴，也不言語；我雖生着腿，也不能走動；我雖生着手，而也沒有甚麼做，和一個廢人一般，有多麼寂寞！連視線都被牆壁截止住，連看一看窗前的麻雀也不能夠，甚麼也不能夠，玻璃生滿厚的和絨毛一般的霜雪。這就是「家」，沒有陽光，沒有温暖，沒有聲，沒有色，寂寞的家，窮的家，不生毛草荒涼的廣場。

我站在小過道窗口等郎華，我的肚子很餓。

鐵門扇響了一下，我的神經便要震盪一下，鐵門響了無數次，來來往往都是和我無關的人。汪林她很大的皮領子和她很響的高跟鞋相配稱，她搖搖晃晃，滿滿足足，她的肚子想來很飽很飽，向我笑了笑，滑稽的樣子用手指點我一下：

「啊！又在等你的郎華……」她快走到門前的木階，還說着：「他出去，你天天等他，真是怪好的一對！」

她的聲音在冷空氣裏來得很脆，也許是少女們特有的喉嚨。對於她，我立刻把她忘記，也許原來就沒把她看見，沒把她聽見。假若我是個男人，怕是也只有這樣。肚子響叫起來。

汪家廚房傳出來炒醬的氣味，隔得遠我也會嗅到，他家吃炸醬麵吧！炒醬的鐵勺子一響，都像説：炸醬，炸醬麵……

在過道站着，腳凍得很痛，鼻子流着鼻涕。我回到屋裏，關好二層門，不知是想甚麼，默坐了好久。

汪林的二姐到冷屋去取食物，我去倒髒水見她，平日不很說話，很生疏，今天她卻說：

「沒去看電影嗎？這個片子不錯，胡蝶主演。」她藍色的大耳環永遠吊盪着不能停止。

「沒去看。」我的袍子冷透骨了！

「這個片子很好，煞尾是結了婚，看這片子的人都猜想，假若演下去，那是怎麼美滿的……」

她熱心地來到門縫邊，在門縫我也看到她大長的耳環在擺動。

「進來玩玩吧！」

「不進去，要吃飯啦！」

郎華回來了，他的上脣掛霜了！汪二小姐走得很遠時，她的耳環和她的話聲仍震盪着：「和你度蜜月的人回來啦，他來了。」

好寂寞的，好荒涼的家呀！他從口袋取出燒餅來給我吃。他又走了，說有一家招請電影廣告員，他要去試試。

「甚麼時候回來？甚麼時候回來？」我追趕到門外問他，好像很久捉不到的鳥兒，捉到又飛了！失望和寂寞，雖然吃着燒餅，也好像餓倒下來。

小姐們的耳環，對比着郎華的上脣掛着的霜。對門居着，他家的女兒看電影，戴耳環；我家呢？我家……

借

導讀：

　　本文選自《商市街》。文章敍述了自己回到校園向昔日讀書時的先生借錢而不果的經歷。當年踏入校園，正是自己「有着青春的時候」，而今再次回來，不僅物是人非，而且心境和目的已經完全不同。

　　蕭紅借景抒情，通過描述周圍的景物和事態，間接將自己複雜的情緒抒發出來。未能借到錢，二人走在回去的路上，「暗紅色的圓月，很大很混濁的樣子，好像老人昏花的眼睛，垂到天邊去」，火車站的大時鐘和「忙着這一切」的各種車輛，電燈，樓房，一切都昏昏茫茫，色調是極其黯淡的，而這些景象的無選擇性變換正反映了蕭紅挪動腳步時的無頭緒和茫然狀態，幾乎可以透過這些事物和景觀，想見蕭紅在寒氣裏跌跌撞撞步履蹣跚的模樣。

　　日子是這樣的淒涼，食不能果腹，只是「把剩下來的一點米煮成稀飯，沒有鹽，沒有油，沒有菜」，不能飽，也不能暖身，於是只好「躺到冰冷的牀上」，幻想着睡眠可以暫時驅逐飢餓的咬噬。蕭紅緩緩敍述着這一切，寒氣從紙面迸發出來，那真是孤苦潦倒的時光。

女子中學的門前，那是三年前在裏邊讀書的學校。和三年前一樣，樓窗，窗前的樹；短板牆，牆外的馬路，每塊石磚我踏過它。牆裏牆外的每棵樹，尚存着我溫馨的記憶；附近的家屋，喚起我往日的情緒。

我忘不了這一切啊！管它是溫馨的，是痛苦的，我忘不了這一切啊！我在那樓上，正是我有着青春的時候。

現在已經黃昏了，是冬的黃昏。我踏上水門汀的階石，輕輕地邁着步子。三年前，曾按過的門鈴又按在我的手中。出來開門的那個校役，他還認識我。樓梯上下跑走的那一些同學，卻咬着耳說：「這是找誰的？」

一切全不生疏，事務牌，信箱，電話室，就是掛衣架子，三年也沒有搬動，仍是擺在傳達室的門外。

我不能立刻上樓，這對於我是一種侮辱似的。舊同學雖有，怕是教室已經改換了；宿舍，我不知道在樓上還是在樓下。「梁先生 —— 國文梁先生在校嗎？」我對校役說。

「在校是在校的，正開教務會議。」

「甚麼時候開完？」

「哪怕到七點鐘吧！」

牆上的鐘還不到五點，等也是無望，我走出校門來了！這一刻，我完全沒有來時的感覺，甚麼街石，甚麼樹，這對我發生甚麼關係？

「吟 —— 在這裏。」郎華在很遠的路燈下打着招呼。

「回去吧！走吧！」我走到他身邊，再不說別的。

順着那條斜坡的直道，走得很遠的我才告訴他：

「梁先生開教務會議，開到七點，我們等得了嗎？」

「那麼你能走嗎？肚子還疼不疼？」

「不疼，不疼。」

圓月從東邊一小片林梢透過來，暗紅色的圓月，很大很混濁的樣子，好像老人昏花的眼睛，垂到天邊去。腳下的雪不住在滑着，響着，走了許多時候，一個行人沒有遇見，來到火車站了！大時鐘在暗紅色的空中發着光，火車的汽笛震鳴着冰寒的空氣，電車、汽車、馬車、人力車，車站前忙着這一切。

順着電車道走，電車響着鈴子從我們身邊一輛一輛地過去。沒有借到錢，電車就上不去。走吧，挨着走，肚痛我也不能說。走在橋上，大概是東行的火車，冒着煙從橋下經過，震得人會耳鳴起來，索鏈一般地爬向市街去。

從崗上望下來，最遠處，商店的紅綠電燈不住地閃爍；在夜裏的人家，好像在煙裏一般；若沒有燈光從窗子流出來，那麼所有的樓房就該變成幽寂的、沒有鐘聲的大教堂了！站在崗上望下去，許公路的電燈，好像扯在太陽下的長串的黃色的銅鈴，越遠，那些銅鈴越增加着密度，漸漸數不過來了！

挨着走，昏昏茫茫地走，甚麼夜，甚麼市街，全是陰溝，我們滾在溝中。攜着手吧！相牽着走吧！天氣那樣冷，道路那樣滑，我時時要滑倒的樣子，腳下不穩起來，不自主起來，在一家電影院門前，我終於跌倒了，坐在冰上，因為道上無處不是冰。膝蓋的關節一定受了傷害，他雖拉着我，走起來也十分困難。

「肚子跌痛了沒有？你實在不能走了吧？」

　　到家把剩下來的一點米煮成稀飯，沒有鹽，沒有油，沒有菜，暖一暖肚子算了。吃飯，肚子仍不能暖，餅乾盒子盛了熱水，盒子漏了。郎華又拿一個空玻璃瓶要盛熱水給我暖肚子，瓶底炸掉下來，滿地流着水。他拿起沒有底的瓶子當號筒來吹。在那嗚嗚的響聲裏邊，我躺到冰冷的牀上。

拍賣家具

◖ **導讀：**

　　本文選自《商市街》。蕭紅和蕭軍即將離開商市街，必須要處理掉家中的生活用具。二人在商市街生活數載，其生活水平和品質就鑴刻在這些極其粗陋的日常家具上，它們是：水壺，面板，水桶，飯鍋，三隻飯碗，醬油瓶子和豆油瓶子。其中，飯鍋鍋底薄得幾乎要掉下來，水桶等一切都是舊的，統共價值是五角錢。這大概是他們的全部家當。

　　而這個「眼看就要漏」的飯鍋，蕭紅對它充滿了難捨之情。它身上記錄着蕭紅關於飢餓的痛楚體驗，和二人相濡以沫的恩愛生活。「永遠不會再遇見，我們的小鍋」，這樣純真直率的告白彷彿是孩子之口說出來的。蕭紅散文創作的特色之一，便是將一般人容易忽略的細枝末節真切地表現出來，從而很容易把讀者帶到當時的情景中去。她對自己的感情從不隱藏、從不文飾，這尤其能打動人。

似乎帶着傷心，我們到廚房檢查一下，水壺，水桶，小鍋這些都要賣掉，但是並不是第一次檢查，從想走那天起，我就跑到廚房來計算，三角二角，不知道這樣計算多少回，總之一提起「走」字來便去計算，現在可真的要出賣了。

舊貨商人就等在門外。

他估着價：水壺，面板，水桶，飯鍋，三隻飯碗，醬油瓶子，豆油瓶子，一共值五角錢。

我們沒有答話，意思是不想賣了。

「五毛錢不少。你看，這鍋漏啦！水桶是舊水桶，買這東西也不過幾毛錢，面板這塊板子，我買它沒有用，飯碗也不值錢……」他一隻手向上搖着，另一隻手翻着擺在地上的東西，他很看不起這東西：「這還值錢？這還值錢？」

「不值錢，我也不賣。你走吧！」

「這鍋漏啦！漏鍋……」他的手來回地推動鍋底，嘭響一聲，再嘭響一聲。

我怕他把鍋底給弄掉下來，我很不願意：「不賣了，你走吧！」

「你看這是廢貨，我買它賣不出錢來。」

我說：「天天燒飯，哪裏漏呢？」

「不漏？眼看就要漏，你摸摸這鍋底有多麼薄？」最後，他又在小鍋底上很留戀地敲了兩下。

小鍋第二天早晨又用它燒了一次飯吃，這是最後的一次。我傷心，明天它就要離開我們到別人家去了！永遠不會再遇見，我們的小鍋。沒有錢買米的時候，我們用它盛着開

水來喝；有米太少的時候，就用它煮稀飯給我們吃。現在它要去了！

共患難的小鍋呀！與我們別開，傷心不傷心？

舊棉被、舊鞋和襪子，賣空了！空了⋯⋯

還有一隻劍，我也想着拍賣它，郎華說：

「送給我的學生吧！因為劍上刻着我的名字，賣是不方便的。」

前天，他的學生聽說老師要走，哭了。

正是練武術的時候，那孩子手舉着大刀，流着眼淚。

十元鈔票

◖ 導讀：

　　本文選自《商市街》。文章最初是一片窮極狂歡的圖景，讓人幾乎以為是在十里洋場的跳舞廳，燈光是迷亂的，人也有些失去理智，窮形盡相，怪態百出。被舞場的燈和人攪擾着，蕭紅的筆調也有些迷亂，搖搖晃晃的樣子。但筆鋒很快一轉，文字隨即回到蕭紅慣常的方式，世界重新顛倒回常態：屋門外的寒風和飢餓在等着蕭紅二人，使得他們倆「和那些人遠遠地分開」。只因為一個朋友饋贈了一張「十元鈔票」，對一貫窮困貧寒、飽受挫折和冷遇的蕭紅而言，這真是一個極大的善意，她對世界的觸感變得不一樣了，彷彿因此成了富翁，在大街上「特別充實地邁着大步，寒風不能打擊我」，甚至「警察和垃圾箱似的失去了威權」，但很快，一個大街上的「叫化子」將蕭紅這點驕傲和幸福摧毀了，她意識到自己同叫化子沒有區別，都是被人施捨了而已。十元鈔票帶來的美好許諾是虛幻的，她並不比一個叫化子更富裕。

　　此外，那些在大街上踽踽乞食的叫化子，也一直為蕭紅所惦念和關注，這裏正突顯了蕭紅更為廣闊和深沉的人文情懷。

在綠色的燈下，人們跳着舞狂歡着，有的抱着椅子跳。胖朋友他也丟開風琴，從角落扭轉出來，他扭到混雜的一堆人去，但並不消失在人中。因為他胖，同時也因為他跳舞做着怪樣，他十分不協調地跳，兩腿扭顫得發着瘋。他故意妨礙別人，最終他把別人都弄散開去，地板中央只留下一個流汗的胖子。人們怎樣大笑，他不管。

「老牛跳得好！」人們向他招呼。

他不聽這些，他不是跳舞，他是亂跳瞎跳，他完全胡鬧，他蠢得和豬、和蟹子那般。

紅燈開起來，扭扭轉轉的那一些綠色的人變紅起來。紅燈帶來另一種趣味，紅燈帶給人們更熱心的胡鬧。瘦高的老桐扮了一個女相，和胖朋友跳舞。女人們笑流淚了！直不起腰了！但是胖朋友仍是一拐一拐。他的「女舞伴」在他的手臂中也是諧和地把頭一扭一拐，扭得太醜，太愚蠢，幾乎要把頭扭掉，要把腰扭斷，但是他還扭，好像很不要臉似的，一點也不知羞似的，那滿臉的紅胭脂呵！那滿臉醜惡得到妙處的笑容！

第二次老桐又跑去化裝，出來時，頭上包一張紅布，脖子後拖着很硬的但有點顫動的棍狀的東西，那是用紅布紮起來的、掃帚把柄的樣子，生在他的腦後。又是跳舞，每跳一下，腦後的小尾巴就隨着顫動一下。

跳舞結束了，人們開始吃蘋果，吃糖，吃茶。就是吃也沒有個吃的樣子！有人說：

「我能整吞一個蘋果。」

「你不能，你若能整吞個蘋果，我就能整吞一個活豬！」

另一個説。

自然，蘋果也沒有吞，豬也沒有吞。

外面對門那家鎖着的大狗，鎖鏈子在響動。臘月開始嚴寒起來，狗凍得小聲吼叫着。

帶顏色的燈閉起來，因為沒有顏色的刺激，人們暫時安定了一刻。因為過於興奮的緣故，我感到疲乏，也許人人感到疲乏，大家都安定下來，都像恢復了人的本性。

小「電驢子」從馬路篤篤地跑過，又是日本憲兵在巡邏吧！可是沒有人害怕，人們對於日本憲兵的印象還淺。

「玩呀！樂呀！」第一個站起的人説。

「不樂白不樂，今朝有酒今朝醉……」大個子老桐也説。

胖朋友的女人拿一封信，送到我的手裏：

「這信你到家去看好啦！」

郎華來到我的身邊，也不知道這是甚麼意思，我就把信放到衣袋中。

只要一走出屋門，寒風立刻颳到人們的臉上，外衣的領子豎起來，顯然郎華的夾外套是感到冷，但是他説：「不冷。」

一同出來的人，都講着過舊年時比這更有趣味，那一些趣味早從我們跳開去。我想我有點餓，回家可吃甚麼？於是別的人再講甚麼，我聽不到了！郎華也冷了吧，他拉着我走向前面，越走越快了，使我們和那些人遠遠地分開。

在蠟燭旁忍着腳痛看那封信，信裏邊十元鈔票露出來。

夜是如此靜了，小狗在房後吼叫。

第二天，一些朋友來約我們到「牽牛房」去吃夜飯。果然吃得很好，這樣的飽餐，非常覺得不多得，有魚，有肉，有很好滋味的湯。又是玩到半夜才回來。這次我走路時很起勁，餓了也不怕，在家有十元票子在等我。我特別充實地邁着大步，寒風不能打擊我。新城大街、中央大街，行人很稀少了！人走在行人道，好像沒有掛掌的馬走在冰面，很小心的，然而時時要跌倒。店鋪的鐵門關得緊緊，裏面無光了，街燈和警察還存在，警察和垃圾箱似的失去了威權，他背上的槍提醒着他的職務，若不然他會依着電線柱睡着的。再走就快到商市街了！然而今夜我還沒有走夠，馬迭爾旅館門前的大時鐘孤獨掛着。向北望去，松花江就是這條街的盡頭。

　　我的勇氣一直到商市街口還沒消滅，腦中，心中，脊背上，腿上，似乎各處有一張十元票子，我被十元票子鼓勵得膚淺得可笑了。

　　是叫化子 ① 吧！起着哼聲，在街的那面在移動。我想他沒有十元票子吧！

　　鐵門用鑰匙打開，我們走進院去，但，我仍聽得到叫化子的哼聲……

① 叫化子，即叫花子，乞丐。

春意掛上了樹梢

◖ **導讀：**

　　本文同另兩篇（《公園》《夏夜》）一起以《隨筆三篇》為總題，發表於 1936 年《中學生》第六十五號。後收入《商市街》。

　　對於底層掙扎的蕭紅而言，春天的到來並不意味着溫暖和美也隨之出現。在她眼裏，同是一個春天，卻是兩種世界：春光融融，只屬於有錢的閒人；而被人間遺棄的人們，春天也不能改變他們辛酸和痛苦的生活。

　　文章以「春意」為線索，以時間為順序，巧妙運用對比等手法，組織起眾多材料。「春意」貫穿全文的始終。開頭由春天的景色帶出兩類人的活動，具體寫人們活動的時候，則按時間先後，分別寫白天的中央大街、院內、晚上的中央大街三個場景，同時讓兩類人的活動形成鮮明的對比：外國人和衣食無憂的中國人盡情享受春光，而底層的不幸者則在春光裏乞討、哀哭。

　　始終站在底層窮苦人的位置，來觀照周圍的世界，冷眼看向社會的不正義和不公平，鞭撻之，揭露之，同時對底層人始終懷着深切的理解和溫情，相比同時期的女作家，蕭紅的胸懷和創作格局顯然要更加闊大，更加難能可貴。

三月花還沒有開，人們嗅不到花香，只是馬路上融化了積雪的泥濘乾起來。天空打起朦朧的多有春意的雲彩；暖風和輕紗一般浮動在街道上，院子裏。春末了，關外的人們才知道春來。春是來了，街頭的白楊樹躥着芽，拖馬車的馬冒着氣，馬車夫們的大氈靴也不見了，行人道上外國女人的腳又從長統套鞋裏顯現出來。笑聲，見面打招呼聲，又復活在行人道上。商店為着快快地傳播春天的感覺，櫥窗裏的花已經開了，草也綠了，那是佈置着公園的夏景。我看得很凝神的時候，有人撞了我一下，是汪林，她也戴着那樣小沿的帽子。

「天真暖啦！走路都有點熱。」

看着她轉過商市街，我們才來到另一家店鋪，並不是買甚麼，只是看看，同時曬曬太陽。這樣好的行人道，有樹，也有椅子，坐在椅子上，把眼睛閉起，一切春的夢，春的謎，春的暖力……這一切把自己完全陷進去。聽着，聽着吧！春在歌唱……

「大爺，大奶奶……幫幫吧！……」這是甚麼歌呢，從背後來的？這不是春天的歌吧！

那個叫化子嘴裏吃着個爛梨，一條腿和一隻腳腫得把另一隻顯得好像不存在似的。「我的腿凍壞啦！大爺，幫幫吧！唉唉……！」

有誰還記得冬天？陽光這樣暖了！街樹躥着芽！

手風琴在隔道唱起來，這也不是春天的調，只要一看那個瞎人為着拉琴而扭歪的頭，就覺得很殘忍。瞎人他摸不到春天，他沒有眼睛。壞了腿的人，他走不到春天，他有腿也

等於無腿。

世界上這一些不幸的人，存在着也等於不存在，倒不如趕早把他們消滅掉，免得在春天他們會唱這樣難聽的歌。

汪林在院心吸着一支煙捲，她又換一套衣裳。那是淡綠色的，和樹枝發出的芽一樣的顏色。她腋下夾着一封信，看見我們，趕忙把信送進衣袋去。

「大概又是情書吧！」郎華隨便說着玩笑話。

她跑進屋去了。香煙的煙縷在門外打了一下旋捲才消滅。

夜，春夜，中央大街充滿了音樂的夜。流浪人的音樂，日本舞場的音樂，外國飯店的音樂……七點鐘以後。中央大街的中段，在一條橫口，那個很響的擴音機哇哇地叫起來，這歌聲差不多響徹全街。若站在商店的玻璃窗前，會疑心是從玻璃發着震響。一條完全在風雪裏寂寞的大街，今天第一次又號叫起來。

外國人！紳士樣的，流氓樣的，老婆子，少女們，跑了滿街……有的連起人排來封閉住商店的窗子，但這只限於年輕人。也有的同唱機一樣唱起來，但這也只限於年輕人。這好像特有的年輕人的集會。他們和姑娘們一道說笑，和姑娘們連起排來走。中國人混在這些捲髮人中間，少得只有七分之一，或八分之一。但是汪林在其中，我們又遇到她。她和另一個也和她同樣打扮漂亮的、白臉的女人同走……捲髮的人用俄國話說她漂亮。她也用俄國話和他們笑了一陣。

中央大街的南端，人漸漸稀疏了。

牆根，轉角，都發現着哀哭，老頭子，孩子，母親

們⋯⋯哀哭着的是永久被人間遺棄的人們！那邊，還望得見那邊快樂的人羣。還聽得見那邊快樂的聲音。

三月，花還沒有，人們嗅不到花香。

夜的街，樹枝上嫩綠的芽子看不見，是冬天吧？是秋天吧？但快樂的人們，不問四季總是快樂；哀哭的人們，不問四季也總是哀哭！

劇團

◖ 導讀：

　　本文發表於 1936 年《中學生》第六十六號，後收入《商市街》。蕭紅的作品集《跋涉》在出版後遭禁，這給她的生活帶來了很大困擾，《劇團》開篇就說：「冊子帶來了恐怖」，隨後全文對這「恐怖」的氛圍和心理情緒進行了細緻入微的描述：回家卻擔心被跟蹤，擔心家裏被設伏，東西被砸搶，等看到「門扇，窗子，和每日一樣安然地關着」，方才暫時放了心，隨後便開始收拾箱子，唯恐「裏面藏着甚麼使我和郎華犯罪的東西」，將每冊書都翻了一遍，燒毀所有可能帶來禍害的東西，中間還發生了燒了一張吸墨紙而令兩人大為心痛的小插曲。恐怖感在此淋漓盡致。

　　蕭紅善於捕捉細節，從極細微處見精神，入睡後「狗叫聲也多起來。大門扇響得也厲害了。……棚頂發着響，洋瓦房蓋被風吹着也響，響，響……」這些風吹草動的小動靜，實有或是幻覺，都在折磨着蕭紅敏感的神經，極生動地表現了她此時心裏的憂懼惶恐。

　　蕭紅的語言是依據她極為深潛和內在的情緒流組織的，隨意性和不規範性很強，但卻深刻對應着她詩意的情緒，文字中間自有一種獨特的氣韻在貫通。本文正是如此。文字或張或弛、或起或伏，始終是自然流暢的，跟着她情緒的變化搖曳生姿。

冊子帶來了恐怖。黃昏時候，我們排完了劇，和劇團那些人出了民眾教育館，恐怖使我對於家有點不安。街燈亮起來，進院，那些人跟在我們後面。門扇，窗子，和每日一樣安然地關着。我十分放心，知道家中沒有來過甚麼惡物。

失望了，開門的鑰匙由郎華帶着，於是大家只好坐在窗下的樓梯口。李買的香瓜，大家就吃香瓜。

汪林照樣吸着煙。她掀起紗窗簾向我們這邊笑了笑。陳成把一個香瓜高舉起來。

「不要。」她搖頭，隔着玻璃窗說。

我一點趣味也感不到，一直到他們把公演的事情議論完，我想的事情還沒停下來。我願意他們快快去，我好收拾箱子，好像箱子裏面藏着甚麼使我和郎華犯罪的東西。

那些人走了，郎華從牀底把箱子拉出來，洋燭立在地板上，我們開始收拾了。弄了滿地紙片，甚麼犯罪的東西也沒有。但不敢自信，怕書頁裏邊夾着罵「滿洲國」的，或是罵甚麼的字跡，所以每冊書都翻了一遍。一切收拾好，箱子是空空洞洞的了。一張高爾基的照片，也把它燒掉。大火爐燒得烤痛人的面孔。我燒得很快，日本憲兵就要來捉人似的。

當我們坐下來喝茶的時候，當然是十分定心了，十分有把握了。一張吸墨紙我無意地玩弄着，我把腰挺得很直，很大方的樣子，我的心像被拉滿的弓放了下來一般的鬆適。我細看紅鉛筆在吸墨紙上寫的字，那字正是犯法的字：

小日本子，走狗，他媽的「滿洲國」……

我連再看一遍也沒有看，就送到火爐裏邊。

「吸墨紙啊！是吸墨紙！」郎華可惜得跺着腳。等他發

覺那已開始燒起來了：「那樣大一張吸墨紙你燒掉它，燒花眼了？甚麼都燒，看用甚麼！」

他過於可惜那張吸墨紙。我看他那種樣子也很生氣。吸墨紙重要，還是拿生命去開玩笑重要？

「為着一個蝨子燒掉一件棉襖！」郎華罵我。「那你就不會把字剪掉？」

我哪想起來這樣做！真傻，為着一塊瘡疤丟掉一個蘋果！

我們把「滿洲國」建國紀念明信片擺到桌上，那是朋友送給的，很厚的一打。還有兩本上面寫着「滿洲國」字樣的不知是甚麼書，連看也沒有看也擺起來。桌子上面很有意思：《離騷》、《李後主詞》、《石達開日記》，他當家庭教師用的小學算術教本。一本《世界各國革命史》也從桌子上抽下去，郎華說那上面載着日本怎樣壓迫朝鮮的歷史，所以不能擺在外面。我一聽說有這種重要性，馬上就要去燒掉，我已經站起來了，郎華把我按下：「瘋了嗎？你瘋了嗎？」

我就一聲不響了，一直到滅了燈睡下，連呼吸也不能呼吸似的。在黑暗中我把眼睛張得很大。院中的狗叫聲也多起來。大門扇響得也厲害了。總之，一切能發聲的東西都比平常發的聲音要高，平常不會響的東西也被我新發現着，棚頂發着響，洋瓦房蓋被風吹着也響，響，響……

郎華按住我的胸口……我的不會說話的胸口。鐵大門震響了一下，心跳了一下。

「不要怕，我們有甚麼呢？甚麼也沒有。謠傳不要太認真。他媽的，哪天捉去哪天算！睡吧，睡不足，明天要頭

疼的……」

他按住我的胸口。好像給噩夢驚醒的孩子似的，心在母親的手下大跳着。

有一天，到一家影戲院去試劇，散散雜雜的這一些人，從我們的小房出發。

全體都到齊，只少了徐志，他一次也沒有不到過，要試演他就不到，大家以為他病了。

很大的舞台，很漂亮的垂幕。我扮演的是一個老太婆的角色，還要我哭，還要我生病。把四個椅子拼成一張牀，試一試倒下去，我的腰部觸得很疼。

先試給影戲院老闆看的，是郎華飾的《小偷》中的傑姆和李飾的律師夫人對話的那一幕。我是另外一個劇本，還沒挨到我，大家就退出影戲院了。

因為條件不合，沒能公演。大家等待機會，同時每個人發着疑問：公演不成了吧？

三個劇排了三個月，若説演不出，總有點可惜。

「關於你們冊子的風聲怎麼樣？」

「沒有甚麼。怕狼、怕虎是不行的。這年頭只得碰上甚麼算甚麼……」郎華是剛強的。

失 眠 之 夜

導讀：

　　本文作於 1937 年 8 月 23 日，發表在同年 10 月 16 日《七月》第一卷第一期，署名「蕭紅」。

　　「失眠」緣於對淪陷為日佔區的「故鄉的思慮」。而記憶中的故鄉，在蕭紅素樸的穎悟和詩意的抒情裏變得格外美好：「在家鄉那邊，秋天最可愛。藍天藍得有點發黑，白雲就像銀子做成一樣，就像白色的大花朵似的點綴在天上；就又像沉重得快要脱離開天空而墜了下來似的，而那天空就越顯得高了，高得再沒有那麼高的。」蕭紅是將全部身心都投入到文字中去的，文字裏沒有任何炫耀、賣弄、製造的成分，有的是一種自自然然的品性。在這篇《失眠之夜》裏，這種自然的品性和詩意的抒情隨處皆是。

　　但故鄉的淪陷使得漂泊在外的她無家可歸，這種浸透了自己身世之感的悲涼也在本文裏浮現；更難得的是，文章最後説：「在高射炮的炮聲中，我也聽到了一聲聲和家鄉一樣的震抖在原野上的雞鳴。」她不再逡巡於自己喪家的悲慟，而是看到了幾乎整個國土所可能面臨的危險，她和同胞們面臨的這個時代潛伏着太多的危機。從個人的情緒裏一舉超越出來，放眼到更寬廣的社會，關注和書寫與自己一樣遭受苦難與不幸的人們，即使在這樣一篇極其個人情緒化的文章裏也依然得到了強烈凸顯。

為甚麼要失眠呢！煩躁，噁心，心跳，膽小，並且想要哭泣。我想想，也許就是故鄉的思慮罷。

窗子外面的天空高遠了，和白棉一樣綿軟的雲彩低近了，吹來的風好像帶點草原的氣味，這就是說已經是秋天了。

在家鄉那邊，秋天最可愛。

藍天藍得有點發黑，白雲就像銀子做成一樣，就像白色的大花朵似的點綴在天上；就又像沉重得快要脫離開天空而墜了下來似的，而那天空就越顯得高了，高得再沒有那麼高的。

昨天我到朋友們的地方走了一遭，聽來了好多的心願（那許多心願綜合起來，又都是一個心願）。這回若真的打回滿洲去。有的說，煮一鍋高粱米粥喝；有的說，咱家那地豆多麼大！說着就用手比量着，這麼碗大；珍珠米，老的一煮就開了花的，一尺來長的；還有的說，高粱米粥、鹹鹽豆。還有的說，若真地打回滿洲去，三天二夜不吃飯，打着大旗往家跑。跑到家去自然也免不了先吃高粱米粥或鹹鹽豆。

比方高粱米那東西，平常我就不願吃，很硬，有點發澀（也許因為我有胃病的關係），可是經他們這一說，也覺得非吃不可了。

但是甚麼時候吃呢？那我就不知道了。而況我到底是不怎樣熱烈的，所以關於這一方面，我終究不怎樣親切。

但我想我們那門前的蒿草，我想我們那後園裏開着的茄子的紫色的小花，黃瓜爬上了架。而那清早，朝陽帶着露珠一齊來了！

我一説到蒿草或黃瓜，三郎就向我擺手或搖頭：「不，我們家，門前是兩棵柳樹，樹蔭交織着做成門形。再前面是菜園，過了菜園就是山。那金字塔形的山峯正向着我們家的門口，而兩邊像蝙蝠的翅膀似的向着村子的東方和西方伸展開去。而後園黃瓜、茄子也種着，最好看的是牽牛花在石頭牆的縫隙爬遍了，早晨帶着露水牽牛花開了⋯⋯」

「我們家就不這樣，沒有高山，也沒有柳樹⋯⋯只有⋯⋯」我常常這樣打斷他。

有時候，他也不等我説完，他就接下去。我們講的故事，彼此都好像是講給自己聽，而不是為着對方。

只有那麼一天，他買來了一張《東北富源圖》掛在牆上了，染着黃色的平原上站着小馬、小羊，還有駱駝，還有牽着駱駝的小人；海上就是些小魚、大魚、黃色的魚，紅色的好像小瓶似的大肚的魚，還有黑色的大鯨魚；而興安嶺和遼寧一帶畫着許多和海濤似的綠色的山脈。

他的家就在離着渤海不遠的山脈中，他的指甲在山脈上爬着：「這是大凌河⋯⋯這是小凌河⋯⋯哼⋯⋯沒有，這個地圖是個不完全的，是個略圖⋯⋯」

「好哇！天天説凌河，哪有凌河呢！」我不知為甚麼一提到家鄉，常常願意給他掃興一點。

「你不相信！我給你看。」他去翻他的書櫥去了，「這不是大凌河⋯⋯小凌河⋯⋯小孩的時候在凌河沿上捉小魚，拿到山上去，在石頭上用火烤着吃⋯⋯這邊就是沈家台，離我們家二里路⋯⋯」因為是把地圖攤在地板上看的緣故，一面説着，他一面用手掃着他已經垂在前額的髮梢。

《東北富源圖》就掛在炕頭，所以第二天早晨，我一張開了眼睛，他就抓住了我的手：

「我想將來我回家的時候，先買兩匹驢，一匹你騎着，一匹我騎着……先到我姑姑家，再到我姐姐家……順便也許看看我的舅舅去……我姐姐很愛我……她出嫁以後，每回來一次就哭一次，姐姐一哭，我也哭……這有七八年不見了！也都老了。」

那地圖上的小魚，紅的，黑的，都能夠看清，我一邊看着，一邊聽着，這一次我沒有打斷他，或給他掃一點興。

「買黑色的驢，掛着鈴子，走起來……噹啷啷噹啷啷……」他形容着鈴音的時候，就像他的嘴裏邊含着鈴子似的在響。

「我帶你到沈家台去趕集。那趕集的日子，熱鬧！驢身上掛着燒酒瓶……我們那邊，羊肉非常便宜……羊肉燉片粉……真有味道！唉呀！這有多少年沒吃那羊肉啦！」他的眉毛和額頭上起着很多皺紋。

我在大鏡子裏邊看了他，他的手從我的手上抽回去，放在他自己的胸上，而後又背着放在枕頭下面去，但很快地又抽出來。只理一理他自己的髮梢又放在枕頭上去。

而我，我想：

「你們家對於外來的所謂『媳婦』也一樣嗎？」我想着這樣説了。

這失眠大概也許不是因為這個。但買驢子的買驢子，吃鹹鹽豆的吃鹹鹽豆，而我呢？坐在驢子上，所去的仍是生疏的地方，我停着的仍然是別人的家鄉。

家鄉這個觀念，在我本不甚切的，但當別人說起來的時候，我也就心慌了！雖然那塊土地在沒有成為日本的之前，「家」在我就等於沒有了。

這失眠一直繼續到黎明之前，在高射炮的炮聲中，我也聽到了一聲聲和家鄉一樣的震抖在原野上的雞鳴。

一九三七年八月二十三日

同命運的小魚

◖ 導讀：

　　本文最初發表於 1936 年《中學生》第六十四號，署名「悄吟」，收入《商市街》。文章中魚兒的最終命運都是死亡，或被拿去燒菜，或雖然被放在盆裏養着卻終無緣由而死。牠們的活着與死去並不被人們所關注，生和死都是獨自承擔的，寂寞的，所有的掙扎都是徒勞，愛自由的魚兒依然無法得到自由。而魚兒們之間也沒有温情和安慰，「盆裏的魚死了一條，另一條魚在游水響⋯⋯」那三條魚死了之後，「盆中的魚仍在游着」，牠們同樣漠視着自己的同類。

　　「這是兇殘的世界，失去了人性的世界，用暴力毀滅了它吧！毀滅了這些失去了人性的東西！」蕭紅在此處拍案而起，魚兒的命運就是她自己的命運，她的悽惶落魄與這些魚兒無異，但她並未局限於自怨自艾，自哀自憐，而是超越了一己的命運，控訴起這個漠視生命、毀滅價值的世界，寄同情於廣大的與她有類似命運的人們。在表面的冷靜敍述下，內裏其實蘊涵着極大的熱情，蕭紅用魚兒的悲劇提醒人們起來摧毀這無視生存權的世界，爭取自己的自由和幸福。

我們的小魚死了。牠從盆中跳出來死的。

我後悔，為甚麼要出去那麼久！為甚麼只貪圖自己的快樂而把小魚乾死了！

那天魚放到盆中去洗的時候，有兩條又活了，在水中立起身來。那麼只用那三條死的來燒菜。魚鱗一片一片地掀掉，沉到水盆底去；肚子剝開，腸子流出來。我只管掀掉魚鱗，我還沒有洗過魚，這是試着幹，所以有點害怕，並且冰涼的魚的身子，我總會聯想到蛇；剝魚肚子我更不敢了。郎華剝着，我就在旁邊看，然而看也有點躲躲閃閃，好像鄉下沒有教養的孩子怕着已死的貓會還魂一般。

「你看你這個無用的，連魚都怕。」說着，他把已經收拾乾淨的魚放下，又剝第二個魚肚子。這回魚有點動，我連忙扯了他的肩膀一下：「魚活啦，魚活啦！」

「甚麼活啦！神經質的人，你就看着好啦！」他逞強一般的在魚肚子上劃了一刀，魚立刻跳動起來，從手上跳下盆去。

「怎麼辦哪？」這回他向我說了。我也不知道怎麼辦。他從水中摸出來看看，好像魚會咬了他的手，馬上又丟下水去。魚的腸子流在外面一半，魚是死了。

「反正也是死了，那就吃了牠。」

魚再被拿到手上，一些也不動彈。他又安然地把牠收拾乾淨。直到第三條魚收拾完，我都是守候在旁邊，怕看又想看。第三條魚是全死的，沒有動。盆中更小的一條很活潑了，在盆中轉圈。另一條怕是要死，立起不多時又橫在水面。

火爐的鐵板熱起來，我的臉感覺烤痛時，鍋中的油翻着花。

魚就在大爐台的菜板上，就要放到油鍋裏去。我跑到二層門去拿油瓶，聽得廚房裏有甚麼東西跳起來，劈劈啪啪的。他也來看。盆中的魚仍在游着，那麼菜板上的魚活了，沒有肚子的魚活了，尾巴仍打得菜板很響。

這時我不知該怎樣做，我怕看那悲慘的東西。躲到門口，我想：不吃這魚吧。然而牠已經沒有肚子了，可怎樣再活？我的眼淚都跑上眼睛來，再不能看了。我轉過身去，面向着窗子。窗外的小狗正在追逐那紅毛雞，房東的使女小菊挨過打以後到牆根處去哭……

這是兇殘的世界，失去了人性的世界，用暴力毀滅了它吧！毀滅了這些失去了人性的東西！

晚飯的魚是吃的，可是很腥，我們吃得很少，全部丟到垃圾箱去。

剩下來兩條活的就在盆裏游泳。夜間睡醒時，聽見廚房裏有乒乓的水聲。點起洋燭去看一下。可是我不敢去，叫郎華去看。

「盆裏的魚死了一條，另一條魚在游水響……」

到早晨，用報紙把牠包起來，丟到垃圾箱去。只剩一條在水中上下游着，又為牠換了一盆水，早飯時又丟了一些飯粒給牠。

小魚兩天都是快活的，到第三天憂鬱起來，看了幾次，牠都是沉到盆底。

「小魚都不吃食啦，大概要死吧？」我告訴郎華。

他敲一下盆沿，小魚走動兩步；再敲一下，再走動兩步⋯⋯不敲，牠就不走，牠就沉下去。

又過一天，小魚的尾巴也不搖了，就是敲盆沿，牠也不動一動尾巴。

「把牠送到江裏一定能好，不會死。牠一定是感到不自由才憂愁起來！」

「怎麼送呢？大江還沒有開凍，就是能找到一個冰洞把牠塞下去，我看也要凍死，再不然也要餓死。」我說。

郎華笑了。他說我像玩鳥的人一樣，把鳥放在籠子裏，給牠米子吃，就說牠沒有悲哀了，就說比在山裏好得多，不會凍死，不會餓死。

「有誰不愛自由呢？海洋愛自由，野獸愛自由，昆蟲也愛自由。」郎華又敲了一下水盆。

小魚只悲哀了兩天，又暢快起來，尾巴打着水響。我每天在火邊燒飯，一邊看着牠，好像生過病又好起來的自己的孩子似的，更珍貴一點，更愛惜一點。天真太冷，打算過了冷天就把牠放到江裏去。

我們每夜到朋友那裏去玩，小魚就自己在廚房裏過個整夜。牠甚麼也不知道，牠也不怕貓會把牠擾了去，牠也不怕耗子會使牠驚跳。我們半夜回來也要看看，牠總是安安然然地游着。家裏沒有貓，知道牠沒危險。

又一天就在朋友那裏過的夜，終夜是跳舞，唱戲。第二天晚上才回來。時間太長了，我們的小魚死了！

第一步踏進門的是郎華，差一點沒踏碎那小魚。點起洋燭去看，還有一點呼吸，腮還輕輕地抽着。我去摸牠身上的

鱗，都乾了。小魚是甚麼時候跳出水的？是半夜？是黃昏？耗子驚了你，還是你聽到了貓叫？

蠟油滴了滿地，我舉着蠟燭的手，不知歪斜到甚麼程度。

屏着呼吸，我把魚從地板上拾起來，再慢慢把牠放到水裏，好像親手讓我完成一件喪儀。沉重的悲哀壓住了我的頭，我的手也顫抖了。

短命的小魚死了！是誰把你摧殘死的？你還那樣幼小，來到世界──說你來到魚羣吧，在魚羣中你還是幼芽一般正應該生長的，可是你死了！

郎華出去了，把空漠的屋子留給我。他回來時正在開門，我就趕上去說：「小魚沒死，小魚又活啦！」我一面拍着手，眼淚就要流出來。我到桌子上去取蠟燭。他敲着盆沿，沒有動，魚又不動了。

「怎麼又不會動了？」手到水裏去把魚立起來，可是牠又橫過去。

「站起來吧。你看蠟油啊！……」他拉我離開盆邊。

小魚這回是真死了！可是過一會又活了。這回我們相信小魚絕對不會死，離水的時間太長，復一復原就會好的。

半夜郎華起來看，説牠一點也不動了，但是不怕，那一定是又在休息。我招呼郎華不要動牠，小魚在養病，不要攪擾牠。

亮天看牠還在休息，吃過早飯看牠還在休息。又把飯粒丟進盆中。我的腳踏起地板來也放輕些，只怕把牠驚醒，我説小魚是在睡覺。

這睡覺就再沒有醒。我用報紙包牠起來，魚鱗沁着血，一隻眼睛一定是在地板上掙跳時弄破的。

就這樣吧，我送牠到垃圾箱去。

小偷、車夫和老頭

導讀：

　　本文選自《商市街》。《商市街》中的文章多聚焦在對作者自己苦難生活的描述上，本篇則從此處撤離，將目光投向了一件幾乎與己無干的「小事情」上 —— 拉木柴、鋸木柴中的所見所聞，主旨也偏移了一貫，指向了窮人的道德問題。最初是小偷偷了板車上的木柴，隨後車夫貪得無厭索求木柴，連碎木柴、木皮也不放過，而鋸木柴的兩個老頭兒卻等着退給她多給的一點錢。蕭紅沒有流露太多評價，更多是將事情客觀呈現出來，她的寫作思路和筆法都很簡單，沒有任何粉飾和多餘，只按人物出現的次序，通過對比和比照，表達了這樣一種看法：同樣是窮人，人格和道德卻截然不同。

木杆車①在石路上發着隆隆的重響。出了木杆場，這滿車的木杆使老馬拉得吃力了！但不能滿足我，大木杆堆對於這一車木杆，真像在牛背上拔了一根毛，我好像嫌這杆子太少。

　　「丟了兩塊木杆哩！小偷來搶的，沒看見？要好好看着，小偷常偷杆子……十塊八塊木杆也能丟。」

　　我被車夫提醒了！覺得一塊木杆也不該丟，木杆對我才恢復了它的重要性。小偷眼睛發着光又來搶時，車夫在招呼我們：

　　「來了啊！又來啦！」

　　郎華招呼一聲，那豎着頭髮的人跑了！

　　「這些東西頂沒有臉，拉兩塊就得啦吧！貪多不厭，把這一車都送給你好不好？……」打着鞭子的車夫，反覆地在說那個小偷的壞話，說他貪多不厭。

　　在院心把木杆一塊塊推下車來，那還沒有推完，車夫就不再動手了！把車錢給了他，他才說：「先生，這兩塊給我吧！拉家去好烘烘火，孩子小，屋子又冷。」

　　「好吧！你拉走吧！」我看一看，那是五塊頂大的他留在車上。

　　這時候他又彎下腰，去弄一些碎的，把一些木皮揚上車去，而後拉起馬來走了。但他對他自己並沒說貪多不厭，別的壞話也沒說，跑出大門道走了。

名家散文必讀系列·蕭紅

① 木杆（bàn）車，拉木杆子的車。木杆，方言，大塊的木柴。

只要有木柈車進院，鐵門欄外就有人向院裏看着問：「柈子拉（鋸）不拉？」

那些人帶着鋸，有兩個老頭也扒着門扇。

這些柈子就講妥歸兩個老頭來鋸，老頭有了工作在眼前，才對那個伙伴說：「吃點麼？」

我去買給他們麵包吃。

柈子拉完又送到柈子房去。整個下午我不能安定下來，好像我從未見過木柈，木柈給我這樣的大歡喜，使我坐也坐不定，一會跑出去看看。最後老頭子把院子掃得乾乾淨淨的了！這時候，我給他工錢。

我先用碎木皮來烘着火。夜晚在三月裏也是冷一點，玻璃窗上掛着蒸氣。沒有點燈，爐火顆顆星星地發着爆炸，爐門打開着，火光照紅我的臉，我感到例外的安寧。

我又到窗外去拾木皮，我吃驚了！老頭子的斧子和鋸都背好在肩上，另一個背着架柈子的木架，可是他們還沒有走。這許多的時候，為甚麼不走呢？

「太太，多給了錢啦！」

「怎麼多給的！不多，七角五分不是嗎？」

「太太，吃麵包錢沒有扣去！」那幾角工錢，老頭子並沒放入衣袋，仍呈在他的手上，他藉着離得很遠的門燈在考察錢數。

我說：「吃麵包不要錢，拿着走吧！」

「謝謝，太太。」感恩似的，他們轉過身走去了，覺得吃麵包是我的恩情。

我愧得立刻心上燒起來，望着那兩個背影停了好久，羞

恨的眼淚就要流出來。已經是祖父的年紀了，吃塊麵包還要感恩嗎？

永久的憧憬和追求

◖ 導讀：

　　本文作於 1936 年 12 月 12 日，發表於 1937 年 1 月 10 日
《報告》第一卷第一期，署名「蕭紅」。這是一篇回憶性的短文，
寫到備受父親歧視和冷遇的童年，善良憨直的祖父成了她溫暖和
愛的全部來源，滋潤着她孤寂的心靈和坎坷的未來日子，培養了
她對美好事物的憧憬和追求的想望，尤其在生活境遇並未有更大
不同的後來，這些溫暖和愛尤其顯得可貴。《永久的憧憬和追求》
便是蕭紅蘸着心血和深情，對往昔美好人事的追念。

　　這樣精短的文字裏，依然彌漫着詩意的情緒：「父親打了我的
時候，我就在祖父的房裏，一直向着窗子，從黃昏到深夜 —— 窗
外的白雪，好像白棉一樣飄着；而暖爐上水壺的蓋子，則像伴奏
的樂器似的振動着。」細節的捕捉，尤其烘托了一種優柔舒緩的
充滿愛的環境。加上祖父唸詩的聲音，一同將抽象的「溫暖和愛」
變得可觸可感，真切動人。

一九一一年，在一個小縣城裏邊，我生在一個小地主的家裏。那縣城差不多就是中國的最東最北部——黑龍江省——所以一年之中，倒有四個月飄着白雪。

　　父親常常為着貪婪而失掉了人性。他對待僕人，對待自己的兒女，以及對待我的祖父都是同樣的吝嗇而疏遠，甚至於無情。

　　有一次，為着房客租金的事情，父親把房客的全套的馬車趕了過來。房客的家屬們哭着訴説着，向我的祖父跪了下來，於是祖父把兩匹棕色的馬從車上解下來還了回去。

　　為着兩匹馬，父親向祖父起着終夜的爭吵。「兩匹馬，咱們是算不了甚麼的，窮人，這兩匹馬就是命根。」祖父這樣説着，而父親還是爭吵。

　　九歲時，母親死去。父親也就更變了樣，偶然打碎了一隻杯子，他就要罵到使人發抖的程度。後來就連父親的眼睛也轉了彎，每從他的身邊經過，我就像自己的身上生了針刺一樣；他斜視着你，他那高傲的眼光從鼻樑經過嘴角而後往下流着。

　　所以每每在大雪中的黃昏裏，圍着暖爐，圍着祖父，聽着祖父讀着詩篇，看着祖父讀着詩篇時微紅的嘴脣。

　　父親打了我的時候，我就在祖父的房裏，一直向着窗子，從黃昏到深夜——窗外的白雪，好像白棉一樣飄着；而暖爐上水壺的蓋子，則像伴奏的樂器似的振動着。

　　祖父時時把多紋的兩手放在我的肩上，而後又放在我的頭上，我的耳邊便響着這樣的聲音：

　　「快快長吧！長大就好了。」

二十歲那年，我就逃出了父親的家庭。直到現在還是過着流浪的生活。

「長大」是「長大」了，而沒有「好」。

可是從祖父那裏，知道了人生除掉了冰冷和憎惡而外，還有溫暖和愛。

所以我就向這「溫暖」和「愛」的方面，懷着永久的憧憬和追求。

一九三六年十二月十二日

一條鐵路底① 完成

導讀：

　　本文作於 1937 年 11 月 27 日，發表於同年《七月》第一卷第五期，署名「蕭紅」。1928 年 5 月，日本帝國主義與張作霖祕密簽署了《滿蒙新五路協約》，其中規定，由日本方面投資，承包東北五條鐵路的修建工作。事實是，鐵路一旦修通，日本即可順利進兵東北。此事激起東北人民的憤慨，各地相繼發生反日運動。哈爾濱各大、中學校成立了「哈爾濱學生保路聯合會」，隨後數千名學生集合示威遊行，遭到軍警圍堵，釀成慘案。

　　本文係蕭紅近十年後的回憶文章，記錄了她參與學潮的經過和感受，真實而生動地再現了那個特定的歷史時代學生們堅決維護民族尊嚴的熱情，這熱情之中也包容着幼稚與困惑的精神因素，愛國之情既熱烈又懵懂。蕭紅沒有誇大歷史，更沒有炫耀、標榜的成分，她如實地呈現了學生投身運動中的真實情景，作品的價值，正在於蕭紅對歷史的尊重。她不高標「靈魂」，也不諱言「本能」，身在事中又能超出事外，言詞簡單而情思深沉。

---

① 底，同「的」。

一九二八年的故事，這故事，我講了好幾次。而每當我讀了一節關於學生運動記載的文章之後，我就想起那年在哈爾濱的學生運動，那時候我是一個女子中學裏的學生，是開始接近冬天的季節。我們是在二層樓上有着壁爐的課室裏面讀着英文課本。因為窗子是裝着雙重玻璃，起初使我們聽到的聲音是從那小小的通氣窗傳進來的。英文教員在寫着一個英文字，他回一回頭，他看一看我們，可是接着又寫下去，一個字終於沒有寫完，外邊的聲音就大了，玻璃窗子好像在雨天裏被雷聲在抖着似的那麼轟響。短板牆以外的石頭道上在呼叫着的，有那許多人，我從來沒有見過，使我想像到軍隊，又想像到馬羣，又想像到波浪……總之對於這個我有點害怕。校門前跑着拿長棒的童子軍，而後他們衝進了教員室，衝進了校長室，等我們全體走下樓梯的時候，我聽到校長室裏在鬧着。這件事情一點也不光榮，使我以後見到男學生們總帶着對不住或軟弱的心情。

「你不放你的學生出動嗎？……我們就是鋼鐵，我們就是熔爐……」跟着聽到有木棒打在門扇上或是地板上，那亂糟糟的鞋底的響聲。這一切好像有一場大事件就等待着發生，於是有一種莊嚴而寬宏的情緒高漲在我們的血管裏。

「走！跟着走！」大概那是領袖，他的左邊的袖子上圍着一圈白布，沒有戴帽子，從樓梯向上望着，我看他們快要變成播音機了：「走！跟着走！」

而後又看到了女校長的發青的臉，她的眼和星子似的閃動在她的恐懼中。

「你們跟着去吧！要守秩序！」她好像被鷹類捉拿到的

雞似的軟弱，她是被拖在兩個戴大帽子的童子軍的臂膀上。

我們四百多人在大操場上排着隊的時候，那些男同學們還滿院子跑着，搜索着，好像對於小偷那種形式，侮辱！侮辱！他們竟搜索到廁所。

女校長那混蛋，剛一脱離了童子軍的臂膀，她又恢復了那假裝着女皇的架子。

「你們跟他們去，要守秩序，不能破格……不能和那些男學生們那樣沒有教養，那麼野蠻……」而後她抬起一隻袖子來，「你們知道你們是女學生嗎？記得住嗎？是女學生。」

在男學生們的面前，她又説了那樣的話，可是一出校門不遠，連對這侮辱的憤怒都忘記了。向着喇嘛台，向着火車站。小學校，中學校，大學校，幾千人的行列……那時我覺得我是在這幾千人之中，我覺得我的腳步很有力。凡是我看到的東西，已經都變成了嚴肅的東西，無論馬路上的石子，或是那已經落了葉子的街樹。反正我是站在「打倒日本帝國主義」的喊聲中了。

走向火車站必得經過日本領事館。我們正向着那座紅樓咆哮着的時候，一個穿和服的女人打開走廊的門扇而出現在閃爍的陽光裏。於是那「打倒日本帝國主義」的大叫改為「就打倒你」！她立刻就把身子抽回去了。那座紅樓完全停在寂靜中，只是樓頂上的太陽旗被風在摺合着。走在石頭道街又碰到了一個日本女子，她背上背着一個小孩，腰間束了一條小白圍裙，圍裙上還帶着花邊，手中提着一棵大白菜。我們又照樣做了，不説「打倒日本帝國主義」而説「就打倒你」！因為她是走在馬路的旁邊，我們就用手指着她而

喊着。另一方面，我們又用自己光榮的情緒去體會她狼狽的樣子。

第一天叫做「遊行」、「請願」，道里和南崗去了兩部分市區。這市區有點像租界，住民多是外國人。

長官公署、教育廳都去過了，只是「官們」出來拍手擊掌地演了一篇説，結果還是：「回學校去上課罷！」

日本要完成吉敦路這件事情，究竟「官們」沒有提到。

在黃昏裏，大隊分散在道尹公署的門前，在那個孤立着的灰色的建築物前面，裝置着一個大圓的類似噴水池的東西。有一些同學就坐在那邊沿上，一直坐到星子們在那建築物的頂上閃亮了，那個「道尹」究竟還沒有出來，只看見衛兵在台階上，在我們的四圍掛着短槍來回地在戒備着。而我們則流着鼻涕，全身打着抖在等候着。到底出來了一個姨太太，那聲音我們一點也聽不見。男同學們跺着腳，並且叫着，在我聽來已經有點野蠻了：

「不要她……去……去……只有官僚才要她……」

接着又換了個大太太（誰知道是甚麼，反正是個老一點的），不甚胖，有點短。至於説些甚麼，恐怕也只有她自己的圓肚子才能夠聽到。這還不算甚麼慘事，我一回頭看見了有幾個女同學尿了褲子的（因為一整天沒有遇到廁所的原故）。

第二天沒有男同學來擾，是自動出發的，在南崗下許公路的大空場子上開的臨時會議，這一天不是「遊行」，不是「請願」，而要「示威」了。腳踏車隊在空場四周繞行着，學生聯合會的主席是個很大的腦袋的人，也沒有戴帽子，只

戴了一架眼鏡。那天是個落着清雪的天氣，他的頭髮在雪花裏邊飛着。他説的話使我很佩服，因為我從來沒有曉得日本還與我們有這樣大的關係，他説日本若完成了吉敦路可以向東三省進兵，他又説又經過高麗又經過甚麼……並且又聽他説進兵進得那樣快，也不是二十幾小時，就可以把多少大兵向我們的東三省開來，就可以滅我們的東三省。我覺得他真有學問，由於崇敬的關係，我覺得這學聯主席與我隔得好像大海那麼遠。

組織宣傳隊的時候，我站過去，我説我願意宣傳。別人都是被推舉的，而我是自告奮勇的。於是我就站在雪花裏開始讀着我已經得到的傳單。而後有人發給我一張小旗，過一會又有人來在我的胳膊上用扣針給我別上條白布，那上面還卡着紅色的印章，究竟那紅印章是甚麼字，我也沒有看出來。

大隊開到差不多是許公路的最終極，一轉彎一個橫街裏去，那就是濱江縣的管界。因為這界限內住的純粹是中國人，和上海的華界差不多。宣傳隊走在大隊的中間，我們前面的人已經站住了，並且那條橫街口站着不少的警察，學聯代表們在大隊的旁邊跑來跑去。昨天晚上他們就説：「衝！衝！」我想這回就真的到了衝的時候了吧？

學聯會的主席從我們的旁邊經過，他手裏提着一個銀白色的大喇叭筒，他的嘴接到喇叭筒的口上，發出來的聲音好像牛鳴似的：

「諸位同學！我們是不是有血的動物？我們願不願意我們的老百姓給日本帝國主義做奴才……」而後他跳着，因

為激動，他把喇叭筒像是在向着天空，「我們有決心沒有？我們怕不怕死？」

「不怕！」雖然我和別人一樣地嚷着不怕，但我對這新的一刻工夫就要來到的感覺好像一棵嫩芽似的握在我的手中。

那喇叭的聲音到隊尾去了，雖然已經遙遠了，但還是能夠震動我的心臟。我低下頭去看着我自己的被踏污了的鞋尖，我看着我身旁的那條陰溝，我整理着我的帽子，我摸摸那帽頂的毛球。沒有束圍巾，也沒有穿外套。對於這個給我生了一種僥倖的心情！

「衝的時候，這樣輕便不是可以飛上去了嗎？」昨天計劃今天是要「衝」的，但不知為甚麼，我總覺得我有點特別聰明。

大喇叭筒跑到前面去時，我就閃開了那冒着白色泡沫的陰溝，我知道「衝」的時候就到了。

我只感到我的心臟在受着擁擠，好像我的腳跟並沒有離開地面而自然它就會移動似的。我的耳邊鬧着許多種聲音，那聲音並不大，也不遠，也不響亮，可覺得沉重，帶來了壓力，好像皮球被穿了一個小洞嘶嘶的在透着氣似的，我對我自己毫沒有把握。

「有決心沒有？」

「有決心！」

「怕死不怕死？」

「不怕死。」

這還沒有反覆完，我們就退下來了。因為是聽到了槍

聲，起初是一兩聲，而後是接連着。大隊已經完全潰亂下來，只一秒鐘，我們旁邊那陰溝裏，好像豬似的浮游着一些人。女同學被擁擠進去的最多，男同學在往岸上提着她們，被提的她們滿身帶着泡沫和氣味，她們那發瘋的樣子很可笑，用那掛着白沫和糟粕的戴着手套的手搔着頭髮，還有的像已經癲癇的人似的，她在人羣中不停地跑着；那被她擦過的人們，他們的衣服上就印着各種不同的花印。

大隊又重新收拾起來，又發着號令，可是槍聲又響了，對於槍聲，人們像是看到了火花似的那麼熱烈。關於「打倒日本帝國主義」，「反對日本完成吉敦路」這事情的本身已經被人們忘記了，唯一所要打倒的就是濱江縣政府。到後來連縣政府也忘記了，只「打倒警察，打倒警察……」這一場鬥爭到後來我覺得比一開頭還有趣味。在那時，「日本帝國主義」，我相信我絕對沒有見過，但是警察我是見過的，於是我就嚷着！

「打倒警察，打倒警察！」

我手中的傳單，我都順着風讓它們飄走了，只帶着一張小白旗和自己的喉嚨從那零散下來的人縫中穿過去。

那天受輕傷的共有二十幾個。我所看到的只是從他們的身上流下來的血還凝結在石頭道上。

滿街開起電燈的夜晚，我在馬車和貨車的輪聲裏追着我們本校回去的隊伍，但沒有趕上。我就拿着那捲起來的小旗走在行人道上，我的影子混雜着別人的影子一起出現在商店的玻璃窗上。我每走一步，我看到了玻璃窗裏我帽頂的毛球也在顫動一下。

男同學們偶爾從我的身邊經過，我聽到他們關於受傷的議論和救急車。

第二天的報紙上躺着那些受傷的同學們的照片，好像現在的報紙上躺的傷兵一樣。

以後，那條鐵路到底完成了。

一九三七年十一月二十七日　漢口

在東京

◖ 導讀：

　　作者自註本文作於 1938 年，有誤，實作於 1937 年 8 月 22 日，發表於同年 10 月 16 日《七月》第五卷第一期。後改題為《魯迅先生記（二）》，收入《蕭紅散文》。

　　文章記敘了身在東京時得知魯迅先生病逝後自己和周圍環境的各種反應，寫得非常傳神生動，尤其在描述蕭紅自己的反應時更臻熟境，顯示出非凡功力。最初蕭紅雖然並不確信，但憂心忡忡，心裏是有所疑的，她沒有明說，開篇卻先圍繞各種聲音（鳥雀羽翼的音響、自己的腳步聲、雨水擊打雨傘的聲音）緩緩引入了這一情緒點，對這些聲音的敏感正因為自己心境的寂寥和落寞。而作為精神導師和良友，魯迅的去世，無疑將對遠在異鄉的她造成更嚴重的打擊：「心跳了起來，不能把『死』和魯迅先生這樣的字樣相連接，所以左右反覆着的是那個飯館裏下女的金牙齒，那些吃早餐的人的眼鏡、雨傘，他們好像小型木凳似的雨鞋；最後我還想起了那張貼在廚房邊的大畫……」這些事物與魯迅絲毫關聯也無，出現在此處毫無來由，但正因如此，才突顯了蕭紅當時震驚到精神恍惚的程度，而撐着傘進房門這一細節，更明白顯示了蕭紅一時的失常。文章進行到「雖是早晨，窗外的太陽好像正午一樣大了」，表面在寫景狀物，實際每一處都在指向自

己的精神狀態，而且這些文字已能表明，蕭紅的寫作已能舉重若輕，到達純熟自如的境地。

在我住所的北邊，有一帶小高坡，那上面種的或是松樹，或是柏樹。它們在雨天裏，就像同在夜霧裏一樣，是那麼朦朧而且又那麼寧靜！好像飛在枝間的鳥雀羽翼的音響我都能夠聽到。

但我真的聽得到的，卻還是我自己腳步的聲音，間或從人家牆頭的枝葉落到雨傘上的大水點特別地響着。

那天，我走在道上，我看着傘翅上不住地滴水。

「魯迅是死了嗎？」

於是心跳了起來，不能把「死」和魯迅先生這樣的字樣相連接，所以左右反覆着的是那個飯館裏下女的金牙齒，那些吃早餐的人的眼鏡、雨傘，他們好像小型木凳似的雨鞋；最後我還想起了那張貼在廚房邊的大畫，一個女人，抱着一個舉着小旗的很胖的孩子，小旗上面就寫着：「富國強兵」；所以以後，一想到魯迅的死，就想到那個很胖的孩子。

我已經打開了房東的格子門，可是我無論如何也走不進來，我氣惱着：我怎麼忽然變大了？

女房東正在瓦斯爐旁斬斷一根蘿蔔，她抓住了她白色的圍裙開始好像鴿子似的在笑：「傘……傘……」

原來我好像要撐着傘走上樓去。

她的肥胖的腳掌和男人一樣，並且那金牙齒也和那飯館裏下女的金牙齒一樣。日本女人多半鑲了金牙齒。

我看到有一張報紙上的標題是魯迅的「偲」。這個偲字，我翻了字典，在我們中國的字典上沒有這個字。而文章上的句子裏，「逝世，逝世」這字樣有過好幾個，到底是誰逝世了呢？因為是日文報紙看不懂之故。

第二天早晨，我又在那個飯館裏在甚麼報的文藝篇幅上看到了「逝世，逝世」，再看下去，就看到「損失」或「殞星」之類。這回，我難過了，我的飯吃了一半，我就回家了。一走上樓，那空虛的心臟，像鈴子似的鬧着，而前房裏的老太婆在打掃着窗櫺和蓆子的劈啪聲，好像在打着我的衣裳那麼使我感到沉重。在我看來，雖是早晨，窗外的太陽好像正午一樣大了。

我趕快乘了電車，去看××。我在東京的時候，朋友和熟人，只有她。車子向着東中野市郊開去，車上本不擁擠，但我是站着。「逝世，逝世」，逝世的就是魯迅？路上看了不少的山、樹和人家，它們卻是那麼平安、溫暖和愉快！我的臉幾乎是貼在玻璃上，為的是躲避車上的煩擾，但又誰知道，那從玻璃吸收來的車輪聲和機械聲，會疑心這車子是從山崖上滾下來了。

×× 在走廊邊上，刷着一雙鞋子，她的扁桃腺炎還沒有全好，看見了我，頸子有些不會轉彎地向我說：

「啊！你來得這樣早！」

我把我來的事情告訴她，她說她不相信。因為這事情我也不願意它是真的，於是找了一張報紙來讀。

「這些日子病得連報也不訂，也不看了。」她一邊翻那在長桌上的報紙，一邊用手在摸撫着頸間的藥布。

而後，她查了查日文字典，她說那個「偲」字是個印象的意思，是面影意思。她說一定有人到上海訪問了魯迅回來寫的。

我問她：「那麼為甚麼有逝世在文章中呢？」我又想起

來了，好像那文章上又説：魯迅的房子有槍彈穿進來，而安靜的魯迅，竟坐在搖椅上搖着。或者魯迅是被槍打死的？日本水兵被殺事件，在電影上都看到了，北四川路又是戒嚴，又是搬家。魯迅先生又是住的北四川路。

但她給我的解釋，在阿 Q 心理上非常圓滿，她説：「逝世」是從魯迅的口中談到別人的「逝世」，「槍彈」是魯迅談到「一・二八」時的槍彈[1]，至於「坐在搖椅上」，她説談過去的事情，自然不用驚慌，安靜地坐在搖椅上又有甚麼希奇[2]。

出來送我走的時候，她還説：

「你這個人啊！不要神經質了！最近在《作家》上、《中流》上他都寫了文章，他的身體可見是在復原期中……」

她説我好像慌張得有點傻，但是我願意聽。於是在阿 Q 心理上我回來了。

我知道魯迅先生是死了，那是二十二日，正是靖國神社開廟會的時節。我還未起來的時候，那天天空開裂的爆竹，發着白煙，一個跟着一個在升起來。隔壁的老太婆呼喊了幾次，她阿拉阿拉地向着那爆竹升起來的天空呼喊，她的頭髮上開始束了一條紅繩。樓下，房東的孩子上樓來送我一塊撒着米粒的糕點，我説謝謝他們，但我不知道在那孩子臉上接

---

[1] 1932 年 1 月 28 日，日寇突然炮擊上海閘北，引起「淞滬之戰」，也稱「一・二八戰爭」。魯迅全家處於炮火之下，直至 2 月 6 日才在友人的協助下離開火線避難。

[2] 希奇，同「稀奇」。

名家散文必讀系列・蕭紅

受了我怎樣的眼睛。因為才到五歲的孩子，他帶小碟下樓時，那碟沿還不時地在樓梯上磕碰着。他大概是害怕我。

靖國神社的廟會一直鬧了三天，教員們講些下女在廟會時節的故事，神的故事，和日本人拜神的故事，而學生們在滿堂大笑，好像世界上並不知道魯迅死了這回事。

有一天，一個眼睛好像金魚眼睛的人，在黑板上寫着：魯迅先生大罵徐懋庸引起了文壇一場風波……茅盾起來講和……③

這字樣一直沒有擦掉。那捲髮的，小小的，和中國人差不多的教員，他下課以後常常被人團聚着，談些個兩國不同的習慣和風俗。他的北京話說得很好，中國的舊文章和詩也讀過一些。他講話常常把眼睛從下往上看着：

「魯迅這個人，你覺得怎麼樣？」我很奇怪，又像很害怕，為甚麼他向我說？結果曉得不是向我說。在我旁邊那個位置上的人站起來了，有的教員點名的時候問過他：「你多大歲數？」他說他三十多歲。教員說：「我看你好像五十多歲的樣子……」因為他的頭髮白了一半。

他的舊詩作得很多，秋天，中秋遊日光，遊淺草，而且還加上譜調讀着。有一天他還讓我看看，我說我不懂，別的同學有的借他的詩本去抄錄。我聽過幾次，有人問他：「你沒再作詩嗎？」他答：「沒有喝酒呢！」

③　指魯迅作《答徐懋庸並關於抗日統一戰線問題》一文，可參見魯迅著《且介亭雜文末編》。

他聽到有人問他，他就站起來了：

「我說……先生……魯迅，這個人沒有甚麼，沒有甚麼了不起的，他的文章就是一個罵，而且人格上也不好，尖酸刻薄。」

他的黃色的小鼻子歪了一下。我想用手替他扭正過來。

一個大個子，戴着四角帽子，他是「滿洲國」的留學生，聽說話的口音，還是我的同鄉。

「聽說魯迅不是反對『滿洲國』的嗎？」那個日本教員，抬一抬肩膀，笑了一下，「嗯！」

過了幾天，日華學會開魯迅追悼會了。我們這一班四十幾個人，去追悼魯迅先生的只有一位小姐。她回來的時候，全班的人都笑她，她的臉紅了，打開門，用腳尖向前走着，走得越輕越慢，而那鞋跟就越響。她穿的衣裳顏色一點也不調配，有時是一件紅裙子綠上衣，有時是一件黃裙子紅上衣。

這就是我在東京看到的這些不調配的人，以及魯迅的死對他們激起怎樣不調配的反應。

長安寺

🌙 導讀:

　　本文作於 1939 年 4 月，發表於 9 月 5 日的《魯迅風》第十九期，署名「蕭紅」，後收入《蕭紅散文》。本文寫作的年代正值日軍猖狂侵華、民族危機深重時期，沒有一個人能置身事外，愛國情緒和民族意識騰熾於華土。這篇散文也充溢着這樣的情感。

　　但蕭紅的寫作方式是獨特的。開篇從佛前燈的燈花和敲鐘聲寫起，將一種清寂祥和的氛圍帶入文中，隨後她從佛殿內外的景象徐徐寫來，筆墨是悠然的，長安寺便以莊嚴靜穆的面貌出現在我們面前。這樣看下去，我們會以為這是一個遊記小品。但到了最後兩段，作者才亮出了她的情之所繫、心之所念：「這是一塊沒有受到外面侵擾的重慶的唯一的地方」，只是佛祖的殿堂也抵擋不了暴力的侵襲，「可能有一天這上面會落下了敵人的一顆炸彈」。心繫國事的蕭紅頓時感到悲哀了，對破壞和平、塗炭生靈的侵略者的仇恨在此流露了出來。在這樣強烈的對比下，佛殿日常生活的清幽散淡只會加重戰爭狀態下的緊張恐怖，佛家的慈悲善念讓侵略者的橫行無忌顯得越發惡劣。

接引殿裏的佛前燈一排一排的，每個頂着一顆小燈花燃在案子上。敲鐘的聲音一到接近黃昏的時候就稀少下來，並且漸漸地簡直一聲不響了。因為燒香拜佛的人都回家去吃着晚飯。

　　大雄寶殿裏，也同樣啞默默地，每個塑像都站在自己的地盤上憂鬱起來，因為黑暗開始掛在他們的臉上。長眉大仙，伏虎大仙，赤腳大仙，達摩，他們分不出哪個是牽着虎的，哪個是赤着腳的。他們通通安安靜靜地同叫着別的名字的許多塑像分站在大雄寶殿的兩壁。

　　只有大肚彌勒佛還在笑眯眯地看着打掃殿堂的人，因為打掃殿堂的人把小燈放在彌勒佛腳前的緣故。

　　厚沉沉的圓圓的蒲團，被打掃殿堂的人一個一個地拾起來，高高地把它們靠着牆堆了起來。香火着在釋迦摩尼的腳前，就要熄滅的樣子，昏昏暗暗地，若不去尋找，簡直看不見了似的，只不過香火的氣息繚繞在灰暗的微光裏。

　　接引殿前，石橋下邊池裏的小龜，不再像日裏那樣把頭探在水面上。用胡芝麻磨着香油的小石磨也停止了轉動。磨香油的人也在收拾着家具。廟前喝茶的都戴起了帽子，打算回家去。沖茶的紅臉的那個老頭，在小桌上自己吃着一碗素麵，大概那就是他的晚餐了。

　　過年的時候，這廟就更溫暖而熱氣騰騰的了，燒香拜佛的人東看看，西望望。用着他們特有的幽閒，摸一摸石橋的欄杆的花紋，而後研究着想多發現幾個橋下的烏龜。有一個老太婆背着一個黃口袋，在右邊的胯骨上，那口袋上寫着「進香」兩個黑字，她已經跨出了當門的殿堂的後門，她

又急急忙忙地從那後門轉回去。我很奇怪地看着她，以為她掉了東西。大家想想看吧！她一翻身就跪下，迎着殿堂的後門向前磕了一個頭。看她的年歲，有六十多歲，但那磕頭的動作，來得非常靈活，我看她走在石橋上也照樣的精神而莊嚴。為着過年才做起來的新緞子帽，閃亮地向着接引殿去朝拜了。佛前鐘在一個老和尚手裏拿着的鐘錘下噹噹地響了三聲，那老太婆就跪在蒲團上安詳地磕了三個頭。這次磕頭卻並不像方才在前面殿堂的後門磕得那樣熱情而慌張。我想了半天才明白，方才，就是前一刻，一定是她覺得自己太疏忽了，怕是那尊面向着後門口的佛見她怪，而急急忙忙地請他恕罪的意思。

　　賣花生糖的肩上掛着一個小箱子，裏邊裝了三四樣糖，花生糖、炒米糖，還有胡桃糖。賣瓜子的提着一個長條的小竹籃，籃子的一頭是白瓜籽，一頭是鹽花生。而這裏不大流行難民賣的一包一包的「瓜籽大王」。青茶，素麵，不加裝飾的，一個銅板隨手抓過一撮來就放在嘴上磕的白瓜子，就已經十足了。所以這廟裏吃茶的人，都覺得別有風味。

　　耳朵聽的是梵鐘和誦經的聲音；眼睛看的是些悠閒而且自得的遊廟或燒香的人；鼻子所聞到的，不用說是檀香和別的香料的氣息。所以這種吃茶的地方確實使人喜歡，又可以吃茶，又可以觀風景看遊人。比起重慶的所有的吃茶店來都好。尤其是那沖茶的紅臉的老頭，他總是高高興興的，走路時喜歡把身子向兩邊擺着，好像他故意把重心一會放在左腿上，一會放在右腿上。每當他掀起茶盅的蓋子時，他的話就來了，一串一串的，他說：我們這四川沒有啥好的，若不

是打日本，先生們請也請不到這地方。他再說下去，就不懂了，他談的和詩句一樣。這時候他要沖在茶盅的開水，從壺嘴如同一條水落進茶盅來。他拿起蓋子來把茶盅扣住了，那裏邊上下游着的小魚似的茶葉也被蓋子扣住了，反正這地方是安靜得可喜的，一切都是太平無事。

××坊的水龍就在石橋的旁邊和佛堂斜對着面。裏邊放置着甚麼，我沒有機會去看，但有一次重慶的防空演習我是看過的，用人推着哇哇的山響的水龍，一個水龍大概可裝兩桶水的樣子，可是非常沉重，四五個人連推帶挽。若着起火來，我看那水龍到不了火已經落了。那彷彿就寫着甚麼××坊一類的字樣。唯有這些東西，在廟裏算是一個不調和的設備，而且也破壞了安靜和統一。廟的牆壁上，不是大大的寫着「觀世音菩薩」嗎？莊嚴靜穆，這是一塊沒有受到外面侵擾的重慶的唯一的地方。他說，一花一世界，這是一個小世界，應作如是觀。

但我突然神經過敏起來 —— 可能有一天這上面會落下了敵人的一顆炸彈。而可能的那兩條水龍也救不了這場大火。那時，那些喝茶的將沒有着落了，假如他們不願意茶攤埋在瓦礫場上。

我頓然地感到悲哀。

一九三九年四月　歌樂山

放火者

◖ 導讀：

　　本文作於 1939 年 6 月 19 日，原標題《轟炸前後》，先後發表於同年 7 月《文摘》（戰時旬刊）第五十一、五十二、五十三合刊號和 8 月 20 日出版的《魯迅風》第八期。後改為《放火者》，有修改，收入《蕭紅散文》。

　　本篇以實錄的筆墨，記敍了日軍飛機在幾個不同日子轟炸重慶造成數萬無辜百姓慘死的罪行，全文充溢着對日本侵略者暴行的仇恨和憤怒。

　　文章有如下兩個特點：一是融紀實性與抒情性於一體，既如實記載了轟炸後的市區景象和百姓慘狀，同時筆端常帶感情，字裏行間被深沉的愛國情感所浸透；二是注意點面結合，既能選取有代表性的細節，如高坡上被烤乾了的小樹，和樹旁房子裏扯掉的門簾、斜垂着的鏡框等極具生之意味的細微之處，也注重場面描寫，如一個接一個的大瓦礫場的悲慘情景，既能細緻入微，也能全景式觀照。

　　蕭紅跋涉在文學之路上的那九年，正逢民族危機深重的歷史時期。熾熱的反帝愛國情緒和強烈的民族意識在她的散文中十分突出。《放火者》顯然是其中最直接表達這些情感的文章之一。

從五月一號那天起，重慶就動了，在這個月份裏，我們要紀念好幾個日子，所以街上有不少人在遊行，他們還準備着在夜裏火炬遊行。街上的人帶着民族的信心，排成大隊行列沉靜地走着。

「五三」的中午日本飛機二十六架飛到重慶的上空，在人口最稠密的街道上投下燃燒彈和炸彈，那一天就有三條街起了帶着硫磺氣的火焰。

「五四」的那天，日本飛機又帶了多量的炸彈，投到他們上次沒有完全毀掉的街上和上次沒可能毀掉的街道上。

大火的十天以後，那些斷牆之下，瓦礫堆中仍冒着煙。人們走在街上用手帕掩着鼻子或者掛着口罩，因為有一種奇怪的氣味滿街散佈着。那怪味並不十分濃厚，但隨時都覺得吸得到。似乎每人都用過於細微的嗅覺存心嗅到那說不出的氣味似的，就在十天以後發掘的人們，還在深厚的灰燼裏尋出屍體來。斷牆筆直地站着，在一羣瓦礫當中，只有它那麼高而又那麼完整。設法拆掉它，拉倒它，但它站得非常堅強。斷牌坊就站着這斷牆，很遠就可以聽到幾十人在喊着，好像拉着帆船的縴繩，又像抬着重物。

「唉呀……喔呵……唉呀……喔呵……」

走近了看到那裏站着一隊兵士，穿着綠色的衣裳，腰間掛着他們喝水的瓷杯，他們像出發到前線上去差不多。但他們手裏挽着繩子的另一端繫在離他們很遠的單獨的五六丈高站着一動也不動的那斷牆處。他們喊着口號一起拉它不倒，連歪斜也不歪斜，它堅強地站着。步行的人停下了，車子走慢了，走過去的人回頭了，用一種堅強的眼光，人們看住了它。

被那聲音招引着，我也回過頭去看它，可是它不倒，連動也不動。我就看到了這大瓦場的近邊，那高坡上仍舊站着被烤乾了的小樹。有誰能夠認得出那是甚麼樹，完全脫掉了葉子，並且變了顏色，好像是用赭色的石頭雕成的。靠着小樹那一排房子窗上的玻璃掉了，只有三五塊碎片，在夕陽中閃着金光。走廊的門開着，一切可以看得到，門簾扯掉了，牆上的鏡框在斜垂着。顯然在不久之前，他們是在這兒好好地生活着，那牆壁日曆上還露着四號的「四」字。

街道是啞默的，一切店鋪關了門，在黑大的門扇上貼着白帖或紅帖，上面坐着一個蒼白着臉色的恐嚇的人，用水盆子在洗刷着弄髒了的膠皮鞋、汗背心、毛巾之類，這些東西是從火中搶救出來的。

被炸過了的街道，飛塵捲着白沫掃着稀少的行人，行人掛着口罩，或用帕子掩着鼻子。街是啞然的，許多人生存的街毀掉了，生活秩序被破壞了，飯館關起了門。

大瓦礫場一個接着一個，前邊是一羣人在拉着斷牆，這使人一看上去就要低了頭。無論你心胸怎樣寬大，但你的心不能不跳，因為那擺在你面前的是荒涼的，是橫遭不測的，千百個母親和小孩子是吼叫着的，哭號着的，他們嫩弱的生命在火裏邊掙扎着，生命和火在鬥爭。但最後生命給謀殺了。那曾經狂喊過的母親的嘴，曾經亂舞過的父親的胳膊，曾經發瘋對着火的祖母的眼睛，曾經依然偎在媽媽懷裏吃乳的嬰兒，這些最後都被火給殺死了。孩子和母親，祖父和孫兒，貓和狗，都同他們涼台上的花盆一道倒在火裏了。這倒下來的全家，他們沒有一個是戰鬥員。

白洋鐵壺成串的仍在那燒了一半的房子裏掛着，顯然是一家洋鐵製器店被毀了。洋鐵店的後邊，單獨一座三樓三底的房子站着，它兩邊都倒下去了，只有它還歪歪趔趔地支持着，樓梯分做好幾段自己躺下去了，橫睡在樓腳上。窗子整張的沒有了，門扇也看不見了，牆壁穿着大洞，像被打破了腹部的人那樣可怕地奇怪地站着。但那擺在二樓的木牀，仍舊擺着，白色的牀單還隨着風飄着那隻巾角，就在這二十個方丈大的火場上同時也有繩子在拉着一道斷牆。

　　就在這火場的氣味還沒有停息，瓦礫還會燙手的時候，坐着飛機放火的日本人又要來了，這一天是五月十二號。

　　警報的笛子到處叫起，不論大街或深巷，不論聽得到的聽不到的，不論加以防備的或是沒有知覺的都捲在這聲浪裏了。

　　那拉不倒的斷牆也放手了，前一刻在街上走着的那一些行人，現在狂亂了，發瘋了，開始跑了，開始喘着，還有拉着孩子的，還有拉着女人的，還有臉色變白的。街上像來了狂風一樣，塵土都被這驚慌的人羣帶着聲響捲起來了，沿街響着關窗和鎖門的聲音，街上甚麼也看不到，只看到跑。我想瘋狂的日本法西斯劊子手們若看見這一刻的時候，他們一定會滿足的吧，他們是何等可以驕傲呵，他們可以看見……

　　十幾分鐘之後，都安定下來了，該進防空洞的進去了，躲在牆根下的躲穩了。第二次警報（緊急警報）發了。

　　聽得到一點聲音，而越聽越大。我就坐在公園石階鐵獅子附近，這鐵獅子旁邊坐着好幾個老頭，大概他們沒有氣力擠進防空洞去，而又跑也跑不遠的緣故。

飛機的響聲大起來，就有一個老頭招呼着我：

「這邊……到鐵獅子下邊來……」這話他並沒有說，我想他是這個意思，因為他向我招手。

為了呼應他的親切我去了，蹲在他的旁邊。後邊高坡上的樹，那樹葉遮着頭頂的天空，致使想看飛機不大方便，但在樹葉的空間看到飛機了，六架，六架。飛來飛去的總是六架，不知道為甚麼高射炮也未發，也不投彈。

穿藍布衣裳的老頭問我：「看見了嗎？幾架？」

我說：「六架。」

「向我們這邊飛……」

「不，離我們很遠。」

我說瞎話，我知道他很害怕，因為他剛說過了：「我們坐在這兒的都是善人，看面色沒有做過惡事，我們良心都是正的……死不了的。」

大批的飛機在頭上飛過了，那裏三架三架地集着小堆，這些小堆在空中橫排着，飛得不算頂高，一共四十幾架。高射炮一串一串地發着，紅色和黃色的火球像一條長繩似的扯在公園的上空。

那老頭向着另外的人而又向我說：

「看面色，我們都是沒有做過惡的人，不帶惡相，我們不會死……」

說着他就伏在地上了，他看不見飛機，他說他老了。大概他只能看見高射炮的連串的火球。

飛機像是低飛了似的，那聲音沉重了，壓下來了。守衛的憲兵喊了一聲口令：「臥倒。」他自己也就掛着槍伏在水

池子旁邊了。四邊的火光躍起來，有沉重的爆擊聲，人們看見半邊天是紅光。

公園在這一天並沒有落彈。在兩個鐘頭之後，我們離開公園的鐵獅子，那個老頭悲慘地向我點頭，而且和我說了很多話。

下一次，五月二十五號那天，中央公園被炸了。水池子旁邊連鐵獅子都被炸碎了。在彈花飛濺時，那是混合着人的肢體，人的血，人的腦漿。這小小的公園，死了多少人？我不願說出它的數目來，但我必須說出它的數目來：死傷×××人，而重慶在這一天，有多少人從此不會聽見解除警報的聲音了……

記鹿地夫婦

▌導讀：

　　本文作於 1938 年 2 月 20 日，發表於同年 5 月 1 日《文藝陣地》第一卷第二期，署名「蕭紅」。「七七事變」至「八一五」上海抗戰期間，上海市民反日情緒高漲，作為日本友人的鹿地亘和池田幸子夫婦處境很艱難。起初，他們躲到許廣平家避難，但隨着戰爭深入和反日情緒日益蔓延，許廣平只好委託蕭紅照顧兩人。蕭紅置危險於度外，熱心為日本友人安危奔忙。《記鹿地夫婦》就詳盡地記錄了這一充滿英雄主義的救助過程。

　　許廣平在《追憶蕭紅》中盛讚了她的「俠義行為」：「超乎利害之外的正義感彌漫在她的心頭，在這裏我們看到她並不軟弱，而益見堅毅不拔，是極端發揚中國固有道德，為朋友急難的彌足珍貴的精神。」

　　此外，這一篇記事散文寫得連續有致，波瀾起伏，搖曳多姿，頗有可讀性。

　　池田在開仗的前夜，帶着一匹小貓仔來到我家的門口，因為是夜靜的時候，那鞋底拍着樓廊的聲音非常響亮。

　　「誰呀！」

　　這聲音並沒有回答，我就看到是日本朋友池田，她的眼睛好像被水洗過的玻璃似的那麼閃耀。

　　「她怎麼這時候來的呢，她從北四川路來的……」這話在我的思想裏邊繞了一周。

　　「請進來呀！」

　　一時看不到她的全身，因為她只把門開了一個小縫。

　　「日本和中國要打仗。」

　　「甚麼時候？」

　　「今天夜裏四點鐘。」

　　「真的嗎？」

　　「一定的。」

　　我看一看錶，現在是十一點鐘。「一、二、三、四、五——」我說，「還有五個鐘頭。」

　　那夜我們又講了些別的就睡了。軍睡在外室的小牀上，我和池田就睡在內室的大牀上，這一夜沒有睡好，好像很熱，小貓仔又那麼叫，從牀上跳到地上，從地上又跳到椅子上，而後再去撕着窗簾。快到四點鐘的時候，我好像聽到了兩下槍響。

　　「池田，是槍聲吧！」

　　「大概是。」

　　「你想鹿地怎麼樣，若真的今天開仗，明天他能跑出來不能？」

「大概能，那就不知道啦！」

夜裏開槍並不是事實。第二天我們吃完飯，三個人坐在地板的涼蓆上乘涼。這時候鹿地來了，穿一條黃色的短褲，白襯衫，黑色的捲捲頭髮，日本式的走法。走到蓆子旁邊，很習慣地就脫掉鞋子坐在蓆子上。看起來他很快活，日本話也說，中國字也有。他趕快地吸紙煙，池田給他做翻譯。他一着急就又加幾個中國字在裏面。轉過臉來向我們說：

「是的，叭叭開槍啦……」

「是甚麼地方開的？」我問他。

「在陸戰隊……邊上。」

「你看見了嗎？」

「看見的……」

他說話十分喜歡用手勢：「我，我，我看見啦……完全死啦！」而後他用手巾揩着汗。但是他非常快活，笑着，全身在輕鬆裏邊打着轉。我看他像洗過羽毛的雀子似的振奮，因為他的眼光和嘴脣都像講着與他不相干的，同時非常感到興味的人一樣。

夜晚快要到來，第一發的炮聲過去了。而我們四個人——池田、鹿地、蕭軍和我——正在吃晚飯，池田的大眼睛對着我，蕭軍的耳向旁邊歪着，我則感到心臟似乎在移動。但是我們合起聲音來：

「哼！」彼此點了點頭。

鹿地像西洋人那樣，嘴脣扣得很緊。

第二發炮彈發過去了。

池田仍舊用日本女人的跪法跪在蓆子上，我們大概是用

一種假象把自己平定下來，所以仍舊吃着飯。鹿地的臉色自然變得很不好看了。若是我，我一定想到這炮聲就使我脫離了祖國。但是他的感情一會就恢復了。他說：

「日本這回壞啦，一定壞啦……」這話的意思是日本要打敗的，日本的老百姓要倒霉的，他把這戰爭並不看得怎樣可怕，他說日本軍閥早一天破壞早一天好。

第二天他們到 S 家去住的。我們這裏不大方便；鄰居都知道他們是日本人，還有一個白俄在法國捕房當巡捕。街上打間諜，日本警察到他們從前住過的地方找過他們。在兩國夾攻之下，他們開始被陷進去。

第二天我們到 S 家去看他們的時候，他們住在三層樓上，尤其是鹿地很開心，儼儼乎和主人一樣。兩張大寫字枱靠着窗子，寫字枱這邊坐着一個，那邊坐着一個，嘴上都叼着香煙，白金龍香煙四五罐，堆成個小塔型在桌子頭上。他請我吃煙的時候，我看到他已經開始工作。很講究的黑封面的大本子攤開在他的面前，他說他寫日記了，當然他寫的是日文，我看了一下也看不懂。一抬頭看到池田在那邊也張開了一個大本子。我想這真不得了，這種克制自己的力量，中國人很少能夠做到。無論怎樣說，這戰爭對於他們比對於我們，總是更痛苦的。又過了兩天，大概他們已經寫了一些日記了。他們開始勸我們，為甚麼不參加團體工作呢？鹿地說：

「你們不認識救亡團體嗎？我給介紹！」這樣好的中國話是池田給修改的。

「應該工作了，要快工作，快工作，日本軍閥快完

啦……」

他們説現在寫文章，以後翻成別國文字，有機會他們要到各國去宣傳。

我看他們好像變成了中國人一樣。

三二日之後去看他們，他們沒有了。説他們昨天下午一起出去就沒有回來。臨走時説吃飯不要等他們，至於哪裏去了呢？S説她也不知道。又過了幾天，又問了好幾次，仍舊不知道他們在哪裏。

或者被日本警察捉去啦，送回國去啦！或者住在更安全的地方，大概不能有危險吧！

一個月以後的事：我拿刀子在桌子上切葱花，準備午飯，這時候，有人打門，走進來的人是認識的，可是他一向沒有來過，這次的來不知有甚麼事。但很快就得到結果了：鹿地昨夜又來到S家。聽到他們並沒有出危險，很高興。但他接着再説下去就是痛苦的了。他們躲在別人家裏躲了一個月，那家非趕他們離開不可，因為住日本人，怕當漢奸看待。S家很不便，當時S做救亡工作，怕是日本探子注意到。

「那麼住到哪裏去呢？」我問。

「就是這個問題呀！他們要求你去送一封信，我來就是找你去送信，你立刻到S家去。」

我送信的地方是個德國醫生，池田一個月前在那裏治過病，當上海戰事開始的時候，醫生太太向池田説過：假若在別的地方住不方便，可以搬到她家去暫住。有一次我陪池田去看醫生，池田問他：

「你喜歡希特勒嗎？」

醫生說：「唔……不喜歡。」並且說他不能夠回德國。

根據這點，池田以為醫生是很好的人，同時又受希特勒的壓迫。

我送完了信，又回到 S 家去，我上樓說：

「可以啦，大概是可以。」

回信，我並沒拆開讀，因為我的英文不好。他們兩個從地板上坐起來。打開這信：

「隨時可來，我等候着……」池田說信上寫着這樣的話。

「我說對麼！那醫生當我臨走的時候還說，把手伸給他，我知道他就了解了。」

這回鹿地並不怎樣神氣了，說話不敢大聲，不敢站起來走動。晚飯就坐在地板的蓆子上吃的，枱燈放在地上，燈頭被蒙了一塊黑紗布，就在這微黑的帶着神祕的三層樓上，我也和他們一起吃的飯。我端碗來，再三的不能把飯嚥下去，我看一看池田發亮的眼睛，好像她對她自己未知的命運還不如我對他們那樣關心。

「吃魚呀！」我記不得是他們誰把一段魚尾擺在我的碗上來。

當着一個人，在他去試驗他出險的道路前一刻，或者就正在出險之中，為甚麼還能夠這樣安寧呢！我實在對這晚餐不能夠多吃。我為着我自己，我幾次說着多餘的閒餘話：

「我們好像山寨們在樹林裏吃飯一樣……」接着我還是說，「不是嗎？看像不像？」

回答這話的沒有人，我抬頭看一看四壁，這是一間藏書房，四壁黑沉沉的站着書箱或書櫃。

　　八點鐘剛過，我就想去叫汽車，他們說，等一等，稍微晚一點更好。鹿地開始穿西裝，白褲子，黑上衣，這是一個西洋朋友給他的舊衣裳（他自己的衣裳從北四川路逃出來時丟掉了）。多麼可笑啊！又像賈伯林又像日本人。

　　「這個不要緊！」指着他已經蔓延起來的鬍子對我說：「像日本人不像？」

　　「不像。」但明明是像。

　　等汽車來了時，我告訴他：

　　「你絕對不能說話，中國話也不要說，不開口最好，若忘記了說出日本字來那是危險的。」

　　報紙上登載過法租界和英租界交界的地方，常常有小汽車被驗查。假若沒有人陪着他們，他們兩個差不多就和啞子一樣了。鹿地乾脆就不能開口。至於池田一聽就知道說的是日本的中國話。

　　那天晚上下着一點小雨，記得大概我是坐在他們兩個人之間，有兩小箱籠顛動在我們膝蓋的前邊。愛多亞路被指路燈所照，好像一條虹彩似的展開在我們的面前，柏油路被車輪所擦過的紋痕，在路警指管着的紅綠燈下，變成一條紅的，而後又變成一條綠的，我們都把眼睛看着這動亂交錯的前方。同時司機人前面那塊玻璃上有一根小棍來回地掃着那塊扇形的地盤。

　　車子到了同孚路口了，我告訴車子左轉，而後靠到馬路的右邊。

這座大樓本來是有電梯的，因為司機人不在，等不及了，就從扶梯跑上去。我們三個人都提着東西，而又都跑得快，好像這一路沒有出險，多半是因為這最末的一跑才做到的。

醫生在小客廳裏接待着鹿地夫婦：

「弄錯了啦，嗯！」

我所聽到的，這是甚麼話呢？我看看鹿地，我看看池田，再看看胖醫生。

「醫生弄錯啦，他以為是要來看病的人，所以隨時可來。」

「那麼房子呢？」

「房子他沒有。」池田擺一擺手。

我想這回可成問題了，我知道 S 家絕對不能再回去。找房子立刻是可能的嗎？而後我說到我家去可以嗎？

池田說：「你們家那白俄呀！」

醫生還不錯，穿了雨衣去替他們找房子去了。在這中間，非常恐慌。他說房子就在旁邊，可是他去了好多時候沒有回來。

「箱子裏邊有寫的文章啊！老醫生不是去通知捕房？」池田的眼睛好像梟鳥的眼睛那麼大。

過了半點鐘的樣子，醫生回來了，醫生又把我們送到那新房子。

走進去一看，就像個旅館，茶房非常多，說中國話的，說法國話的，說俄國話的，說英國話的。

剛一開戰，鹿地就說過要到國際上去宣傳，我看那時

候，他可差不多去到國際上了。

這地方危險是危險的，怎麼辦呢？只得住下了。

中國茶房問：「先生住幾天呢？」

我說住一兩天，但是鹿地說：「不！不！」只說了半截就回去了，大概是日本話又來到嘴邊上。

池田有時說中國話，有時說英國話，茶房來了一個，去了，又來了一個。

鹿地靜靜地站在一邊。

大牀、大桌子、大沙發，棚頂垂着沉重的帶着鏈鎖的大燈頭。並且還有一個外室，好像陽台一樣。

茶房都去了，鹿地仍舊站着，地心有一塊花地毯，他就站在地毯的邊上。

我告訴他不要說日本話，因為隔壁的房子說不定住的是中國人。

「好好地休息吧！把被子攤在牀上，衣箱就不要動了，三兩天就要搬的。我把這情況通知別的朋友……」往下我還有話要說，中國茶房進來了，手裏端着一個大白銅盤子，上面站着兩個汽水瓶。我想這個五塊錢一天的旅館還給汽水喝！問那茶房，那茶房說是白開水，這開水怎樣衞生，怎樣經過過濾，怎樣多喝了不會生病。正在這時候，他卻來講衞生了。

向中國政府辦理證明書的人說，再有三五天大概就替他們領到，可是到第七天還沒有消息。他們在那房子裏邊，簡直和小鼠似的，地板或甚麼東西有時格格地作響，至於講話的聲音，外邊絕對聽不到。

　　每次我去的時候，鹿地好像還是照舊的樣子，不然就是變了點，也究竟沒變了多少，喜歡講笑話。不知怎麼想起來的，他又説他怕女人：

　　「女人我害怕，別的我不怕……女人我最怕。」

　　「帝國主義你不怕？」我説。

　　「我不怕，我打死他。」

　　「日本警察捉你也不怕？」我和池田是站在一面的。

　　池田聽了也笑，我也笑，池田在這幾天的不安中也破例了。

　　「那麼你就不用這裏逃到那裏，讓日本警察捉去好啦！其實不對的，你還是最怕日本警察。我看女人並不絕頂的厲害，還是日本警察絕頂的厲害。」

　　我們都笑了，但是都沒有高聲。

　　最顯現在我面前的是他們兩個有點憔悴的顏面。

　　有一天下午，我陪着他們談了兩個多鐘頭，對於這一點點時間，他們是怎樣的感激呀！我臨走時説：

　　「明天有工夫，我早點來看你們，或者是上午。」

　　尤其是池田立刻説謝謝，並且立刻和我握握手。

　　第二天我又來遲了，池田不在房裏。鹿地一看到我，就從桌上摸到一塊白紙條。他搖一搖手而後他在紙條上寫着：

　　今天下午有巡捕在門外偷聽了，一下午英國巡捕（即印度巡捕）、中國巡捕，從一點鐘起停到五點鐘才走。

　　但最感動我的是他的紙條上出現着這樣的字：——今天我決心被捕。

　　「這被捕不被捕，怎能是你決心不決心的呢？」這話我

不能對他説，因為我知道他用的是日本文法。

我又問他打算怎樣呢？他説沒有辦法，池田去到 S 家裏。

那個時候經濟也沒有了，證明書還沒有消息。租界上日本有追捕日本或韓國人的自由。想要脱離租界，而又一步不能脱離。到中國地去，要被中國人誤認作間諜。

他們的生命，就像繫在一根線上那麼脆弱。

那天晚上，我把他們的日記、文章和詩，包集起來帶着離開他們。我説：

「假使日本人把你們捉回去，説你們幫助中國，總是沒有證據的呀！」

我想我還是趕快走的好，把這些致命的東西快些帶開。

臨走時我和他握握手，我説不怕。至於怕不怕，下一秒鐘誰都沒有把握。但我是説了，就像説給站在狼洞裏邊的孩子一樣。

以後再去看他們，他們就搬了，我們也就離開上海。

一九三八年二月二十日　臨汾

回憶魯迅先生

◗ 導讀：

　　此文於 1939 年 9 月 22 日完成，即魯迅先生逝世後三年。1941 年 1 月由重慶婦女生活社出版，部分文字此前亦曾發表於各種報刊雜誌。鑒於魯迅先生在現代史上的崇高地位和重要意義，回憶魯迅的文字浩浩蕩蕩，無從計數，蕭紅這一篇《回憶魯迅先生》卻能脫穎而出，一枝獨秀，成為魯迅回憶錄中的精品，又因其既是「史」也是「詩」，史傳性和文學性兼擅，而成為中國現代懷人散文的經典之作。

　　這篇散文大體可分為四十五個片斷，短的只有一兩行，長的則有八十多行，記敘了魯迅日常生活的多個方面。與眾不同的是，她關注的不是作為思想家和文學家的魯迅，而是作為「人之子」的「常人」魯迅。而且，她不作論述，不作評價，任由自己的思緒牽引前行，文章顯現出一種自由散漫的片段式結構，各片段彼此不相牽屬，材料之間互不關聯，它截然不同於男性慣常的敘事結構，而獨具蕭紅自己的寫作風格。她如實地將自己與魯迅先生交往過程中的情緒體驗原生態地表達出來，不加預設，不作結構，串聯起各種生活碎片、細節和意象性事件。但這些片段並非是隨意堆砌的，內中貫徹着蕭紅敏銳的藝術觀察力和感受力。她捕捉了大量有意味的細節，從極小處描摹出了魯迅的思想和人

格。魯迅在蕭紅的筆下是崇高的，這種崇高是點點滴滴匯聚而成的，絕非高不可攀。蕭紅作品的詩性也同樣在本文中體現得淋漓盡致，有些片段情景交融，渾然一片，單獨讀去如一段優美的散文詩，而文字和句式的長短交錯，張弛互現，緩急更迭，又使文章產生出一種韻律的美感。

　　當初也曾有人嗤笑：「這也值得寫，這有甚麼好寫？」如今看來嗤笑者應該感到羞愧，蕭紅的《回憶魯迅先生》如今的經典地位已然說明了一切。

　　魯迅先生的笑聲是明朗的，是從心裏的歡喜。若有人說了甚麼可笑的話，魯迅先生笑得連煙捲都拿不住了，常常是笑得咳嗽起來。

　　魯迅先生走路很輕捷，尤其使人記得清楚的，是他剛抓起帽子來往頭上一扣，同時左腿就伸出去了，彷彿不顧一切地走去。

　　魯迅先生不大注意人的衣裳，他說：「誰穿甚麼衣裳我看不見的……」

　　魯迅先生生病，剛好了一點，他坐在躺椅上，抽着煙，那天我穿着新奇的大紅的上衣，很寬的袖子。

　　魯迅先生說：「這天氣悶熱起來，這就是梅雨天。」他把他裝在象牙煙嘴上的香煙，又用手裝得緊一點，往下又說了別的。

　　許先生忙着家務，跑來跑去，也沒有對我的衣裳加以鑒賞。

　　於是我說：「周先生，我的衣裳漂亮不漂亮？」

　　魯迅先生從上往下看了一眼：「不大漂亮。」

　　過了一會又接着說：「你的裙子配的顏色不對，並不是紅上衣不好看，各種顏色都是好看的，紅上衣要配紅裙子，不然就是黑裙子，咖啡色的就不行了；這兩種顏色放在一起很混濁……你沒看到外國人在街上走的嗎？絕沒有下邊穿一件綠裙子，上邊穿一件紫上衣，也沒有穿一件紅裙子而後穿一件白上衣的……」

　　魯迅先生就在躺椅上看着我：「你這裙子是咖啡色的，還帶格子，顏色混濁得很，所以把紅色衣裳也弄得不漂

亮了。」

「……人瘦不要穿黑衣裳，人胖不要穿白衣裳；腳長的女人一定要穿黑鞋子，腳短就一定要穿白鞋子；方格子的衣裳胖人不能穿，但比橫格子的還好；橫格子的胖人穿上，就把胖子更往兩邊裂着，更橫寬了，胖子要穿豎條子的，豎的把人顯得長，橫的把人顯的寬……」

那天魯迅先生很有興致，把我一雙短筒靴子也略略批評一下，說我的短靴是軍人穿的，因為靴子的前後都有一條線織的拉手，這拉手據魯迅先生說是放在褲子下邊的……

我說：「周先生，為甚麼那靴子我穿了多久了而不告訴我，怎麼現在才想起來呢？現在我不是不穿了嗎？我穿的這不是另外的鞋嗎？」

「你不穿我才說的，你穿的時候，我一說你該不穿了。」

那天下午要赴一個宴會去，我要許先生給我找一點布條或綢條束一束頭髮。許先生拿了來米色的綠色的還有桃紅色的。經我和許先生共同選定的是米色的。為着取美，把那桃紅色的，許先生舉起來放在我的頭髮上，並且許先生很開心地說着：

「好看吧！多漂亮！」

我也非常得意，很規矩又頑皮地在等着魯迅先生往這邊看我們。

魯迅先生這一看，臉是嚴肅的，他的眼皮往下一放向着我們這邊看着：

「不要那樣裝飾她……」

許先生有點窘了。

我也安靜下來。

魯迅先生在北平教書時，從不發脾氣，但常常好用這種眼光看人，許先生常跟我講。她在女師大讀書時，周先生在課堂上，一生氣就用眼睛往下一掠，看着他們，這種眼光是魯迅先生在記范愛農先生的文字曾自己述說過，而誰曾接觸過這種眼光的人就會感到一個曠代的全智者的催逼。

我開始問：「周先生怎麼也曉得女人穿衣裳的這些事情呢？」

「看過書的，關於美學的。」

「甚麼時候看的⋯⋯」

「大概是在日本讀書的時候⋯⋯」

「買的書嗎？」

「不一定是買的，也許是從甚麼地方抓到就看的⋯⋯」

「看了有趣味嗎？！」

「隨便看看⋯⋯」

「周先生看這書做甚麼？」

「⋯⋯」沒有回答，好像很難回答。

許先生在旁說：「周先生甚麼書都看的。」

在魯迅先生家裏做客人，剛開始是從法租界來到虹口，搭電車也要差不多一個鐘頭的工夫，所以那時候來的次數比較少。記得有一次談到半夜了，一過十二點電車就沒有的，但那天不知講了些甚麼，講到一個段落就看看旁邊小長桌上的圓鐘，十一點半了，十一點四十五分了，電車沒有了。

「反正已十二點，電車也沒有，那麼再坐一會。」許先生如此勸着。

魯迅先生好像聽了所講的甚麼引起了幻想，安頓地舉着象牙煙嘴在沉思着。

　　一點鐘以後，送我（還有別的朋友）出來的是許先生，外邊下着的濛濛的小雨，弄堂裏燈光全然滅掉了，魯迅先生囑咐許先生一定讓坐小汽車回去，並且一定囑咐許先生付錢。

　　以後也住到北四川路來，就每夜飯後必到大陸新村來了，颶風的天，下雨的天，幾乎沒有間斷的時候。

　　魯迅先生很喜歡北方飯，還喜歡吃油炸的東西，喜歡吃硬的東西，就是後來生病的時候，也不大吃牛奶。雞湯端到旁邊用調羹舀了一二下就算了事。

　　有一天約好我去包餃子吃，那還是住在法租界，所以帶了外國酸菜和用絞肉機絞成的牛肉，就和許先生站在客廳後邊的方桌邊包起來。海嬰公子圍着鬧得起勁，一會按成圓餅的麵拿去了，他說做了一隻船來，送在我們的眼前，我們不看他，轉身他又做了一隻小雞。許先生和我都不去看他，對他竭力避免加以讚美，若一讚美起來，怕他更做得起勁。

　　客廳後邊沒到黃昏就先黑了，背上感到些微微的寒涼，知道衣裳不夠了，但為着忙，沒有加衣裳去。等把餃子包完了看看那數目並不多，這才知道許先生與我們談話談得太多，誤了工作。許先生怎樣離開家的，怎樣到天津讀書的，在女師大讀書時怎樣做了家庭教師。她去考家庭教師的那一段描寫，非常有趣，只取一名，可是考了好幾十名，她之能夠當選算是難的了。指望對於學費有點補助，冬天來了，北平又冷，那家離學校又遠，每月除了車子錢之外，若傷風感

冒還得自己拿出買阿司匹林的錢來，每月薪金十元要從西城跑到東城⋯⋯

餃子煮好，一上樓梯，就聽到樓上明朗的魯迅先生的笑聲衝下樓梯來，原來有幾個朋友在樓上也正談得熱鬧。那一天吃得是很好的。

以後我們又做過韭菜合子，又做過荷葉餅，我一提議，魯迅先生必然贊成，而我做的又不好，可是魯迅先生還是在桌上舉着筷子問許先生：「我再吃幾個嗎？」

因為魯迅先生胃不大好，每飯後必吃「脾自美」藥丸一二粒。

有一天下午魯迅先生正在校對着瞿秋白的《海上述林》，我一走進臥室去，從那圓轉椅上魯迅先生轉過來了，向着我，還微微站起了一點。

「好久不見，好久不見。」一邊說着一邊向我點頭。

剛剛我不是來過了嗎？怎麼會好久不見？就是上午我來的那次周先生忘記了，可是我也每天來呀⋯⋯怎麼都忘記了嗎？

周先生轉身坐在躺椅上才自己笑起來，他是在開着玩笑。

梅雨季節，很少有晴天，一天的上午剛一放晴，我高興極了，就到魯迅先生家去了，跑得上樓還喘着。魯迅先生說：「來啦！」我說：「來啦！」

我喘着連茶也喝不下。

魯迅先生就問我：

「有甚麼事嗎？」

我説：「天晴啦，太陽出來啦。」

許先生和魯迅先生都笑着，一種對於衝破憂鬱心境的嶄然的會心的笑。

海嬰一看到我非拉我到院子裏和他一道玩不可，拉我的頭髮或拉我的衣裳。

為甚麼他不拉別人呢？據周先生説：「他看你梳着辮子，和他差不多，別人在他眼裏都是大人，就看你小。」

許先生問着海嬰：「你為甚麼喜歡她呢？不喜歡別人？」

「她有小辮子。」説着就來拉我的頭髮。

魯迅先生家生客人很少，幾乎沒有，尤其是住在他家裏的人更沒有。一個禮拜六的晚上，在二樓上魯迅先生的臥室裏擺好了晚飯，圍着桌子坐滿了人。每逢禮拜六晚上都是這樣的，周建人先生帶着全家來拜訪的。在桌子邊坐着一個很瘦的很高的穿着中國小背心的人，魯迅先生介紹説：「這是一位同鄉，是商人。」

初看似乎對的，穿着中國褲子，頭髮剃得很短。當吃飯時，他還讓別人酒，也給我倒一盅，態度很活潑，不大像個商人；等吃完了飯，又談到《偽自由書》及《二心集》。這個商人，開明得很，在中國不常見。沒有見過的就總不大放心。

下一次是在樓下客廳後的方桌上吃晚飯，那天很晴，一陣陣的颳着熱風，雖然黃昏了，客廳裏還不昏黑。魯迅先生是新剪的頭髮，還能記得桌上有一盤黃花魚，大概是順着魯迅先生的口味，是用油煎的。魯迅先生前面擺着一碗酒，酒碗是扁扁的，好像用做吃飯的飯碗。那位商人先生也

能喝酒，酒瓶就站在他的旁邊。他說蒙古人甚麼樣，苗人甚麼樣，從西藏經過時，那西藏女人見了男人追她，她就如何如何。

這商人可真怪，怎麼專門走地方，而不做買賣？並且魯迅先生的書他也全讀過，一開口這個，一開口那個。並且海嬰叫他 × 先生，我一聽那 × 字就明白他是誰了。× 先生常常回來得很遲，從魯迅先生家裏出來，在弄堂裏遇到了幾次。

有一天晚上 × 先生從三樓下來，手裏提着小箱子，身上穿着長袍子，站在魯迅先生的面前，他說他要搬了。他告了辭，許先生送他下樓去了。這時候周先生在地板上繞了兩個圈子，問我說：

「你看他到底是商人嗎？」

「是的。」我說。

魯迅先生很有意思地在地板上走幾步，而後向我說：「他是販賣私貨的商人，是販賣精神上的……」

× 先生走過二萬五千里回來的。

青年人寫信，寫得太草率，魯迅先生是深惡痛絕之的。

「字不一定要寫得好，但必須得使人一看了就認識，年青人現在都太忙了……他自己趕快胡亂寫完了事，別人看了三遍五遍看不明白，這費了多少工夫，他不管。反正這費了工夫不是他的。這存心是不太好的。」

但他還是展讀着每封由不同角落裏投來的青年的信，眼睛不濟時，便戴起眼鏡來看，常常看到夜裏很深的時光。

魯迅先生坐在 ×× 電影院樓上的第一排，那片名忘記

了，新聞片是蘇聯紀念「五一」節的紅場。

「這個我怕看不到⋯⋯你們將來可以看得到。」魯迅先生向我們周圍的人說。

珂勒惠支[①]的畫，魯迅先生最佩服，同時也很佩服她的做人。珂勒惠支受希特拉[②]的壓迫，不准她做教授，不准她畫畫，魯迅先生常講到她。

史沫特烈[③]，魯迅先生也講到，她是美國女子，幫助印度獨立運動，現在又在援助中國。

魯迅先生介紹人去看的電影：《夏伯陽》，《復仇豔遇》⋯⋯其餘的如《人猿泰山》⋯⋯或者《非洲的怪獸》這一類的影片，也常介紹給人的。魯迅先生說：「電影沒有甚麼好的，看看鳥獸之類倒可以增加些對於動物的知識。」

魯迅先生不遊公園，住在上海十年，兆豐公園沒有進過，虹口公園這麼近也沒有進過。春天一到了，我常告訴周先生，我說公園裏的土鬆軟了，公園裏的風多麼柔和。周先生答應選個晴好的天氣，選個禮拜日，海嬰休假日，好一道

① 珂勒惠支（1867 － 1945），德國版畫家、雕塑家，其作品以尖銳的形式把窮人和平民的困苦和悲痛表現出來。1933 年，希特勒對進步文化界實行法西斯鎮壓，在首批受迫害的人中，就有珂勒惠支。魯迅是把珂勒惠支版畫介紹到中國的第一人。

② 希特拉（1889 － 1945），希特勒的舊譯，奧地利裔德國政治人物，1934 年成為德國元首，公認的第二次世界大戰的主要發動者。

③ 史沫特烈（1892 － 1950），史沫特萊的舊譯，美國著名記者、作者和社會活動家。1928 年底來華，在中國生活了十二年，用她的筆，向世界宣傳了中國的革命鬥爭，代表作品有《中國紅軍在前進》、《中國在反擊》等。

去，坐一乘小汽車一直開到兆豐公園，也算是短途旅行。但這只是想着而未有做到，並且把公園給下了定義。魯迅先生說：「公園的樣子我知道的……一進門分做兩條路，一條通左邊，一條通右邊，沿着路種着點柳樹甚麼樹的，樹下擺着幾張長椅子，再遠一點有個水池子。」

我是去過兆豐公園的，也去過虹口公園或是法國公園的，彷彿這個定義適用於任何國度的公園設計者。

魯迅先生不戴手套，不圍圍巾，冬天穿着黑土藍的棉布袍子，頭上戴着灰色氈帽，腳穿黑帆布膠皮底鞋。

膠皮底鞋夏天特別熱，冬天又涼又濕，魯迅先生的身體不算好，大家都提議把這鞋子換掉。魯迅先生不肯，他說膠皮底鞋子走路方便。

「周先生一天走多少路呢？也不就一轉彎到 ×× 書店走一趟嗎？」

魯迅先生笑而不答。

「周先生不是很好傷風嗎？不圍巾子，風一吹不就傷風了嗎？」

魯迅先生這些個都不習慣，他說：

「從小就沒戴過手套圍巾，戴不慣。」

魯迅先生一推開門從家裏出來時，兩隻手露在外邊，很寬的袖口衝着風就向前走，腋下夾着個黑綢子印花的包袱，裏邊包着書或者是信，到老靶子路書店去了。

那包袱每天出去必帶出去，回來必帶回來。出去時帶着給青年們的信，回來又從書店帶來新的信和青年請魯迅先生看的稿子。

魯迅先生抱着印花包袱從外邊回來，還得提着一把傘，一進門客廳早坐着客人，把傘掛在衣架上就陪客人談起話來。談了很久了，傘上的水滴順着傘杆在地板上已經聚了一堆水。

魯迅先生上樓去拿香煙，抱着印花包袱，而那把傘也沒有忘記，順手也帶到樓上去。

魯迅先生的記憶力非常之強，他的東西從不隨便散置在任何地方。

魯迅先生很喜歡北方口味。許先生想請一個北方廚子，魯迅先生以為開銷太大，請不得的，男傭人，至少要十五元錢的工錢。

所以買米買炭都是許先生下手。我問許先生為甚麼用兩個女傭人都是年老的，都是六七十歲的？許先生說她們做慣了，海嬰的保姆，海嬰幾個月時就在這裏。

正說着那矮胖胖的保姆走下樓梯來了，和我們打了個迎面。

「先生，沒吃茶嗎？」她趕快拿了杯子去倒茶，那剛剛下樓時氣喘的聲音還在喉管裏咕嚕咕嚕的，她確實年老了。

來了客人，許先生沒有不下廚房的，菜食很豐富，魚，肉……都是用大碗裝着，起碼四五碗，多則七八碗。可是平常就只三碗菜：一碗素炒豌豆苗，一碗筍炒鹹菜，再一碗黃花魚。

這菜簡單到極點。

魯迅先生的原稿，在拉都路一家炸油條的那裏用着包油條，我得到了一張，是譯《死魂靈》的原稿，寫信告訴了魯

迅先生。魯迅先生不以為希奇，許先生倒很生氣。

魯迅先生出書的校樣，都用來揩桌，或做甚麼的。請客人在家裏吃飯，吃到半道，魯迅先生回身去拿來校樣給大家分着。客人接到手裏一看，這怎麼可以？魯迅先生説：

「擦一擦，拿着雞吃，手是膩的。」

到洗澡間去，那邊也擺着校樣紙。

許先生從早晨忙到晚上，在樓下陪客人，一邊還手裏打着毛線。不然就是一邊談着話一邊站起來用手摘掉花盆裏花上已乾枯了的葉子。許先生每送一個客人，都要送到樓下門口，替客人把門開開，客人走出去而後輕輕地關了門再上樓來。

來了客人還到街上去買魚或買雞，買回來還要到廚房裏去工作。

魯迅先生臨時要寄一封信，就得許先生換起皮鞋子來到郵局或者大陸新村旁邊信筒那裏去。落着雨天，許先生就打起傘來。

許先生是忙的，許先生的笑是愉快的，但是頭髮有一些是白了的。

夜裏去看電影，施高塔路的汽車房只有一輛車，魯迅先生一定不坐，一定讓我們坐。許先生，周建人夫人，海嬰，周建人先生的三位女公子。我們上車了。

魯迅先生和周建人先生，還有別的一二位朋友在後邊。

看完了電影出來，又只叫到一部汽車，魯迅先生又一定不肯坐，讓周建人先生的全家坐着先走了。

魯迅先生旁邊走着海嬰，過了蘇州河的大橋去等電車

去了。等了二三十分鐘電車還沒有來，魯迅先生依着沿蘇州河的鐵欄杆坐在橋邊的石圍上了，並且拿出香煙來，裝上煙嘴，悠然地吸着煙。

海嬰不安地來回地亂跑，魯迅先生還招呼他和自己並排坐下。

魯迅先生坐在那和一個鄉下的安靜老人一樣。

魯迅先生吃的是清茶，其餘不吃別的飲料。咖啡、可可、牛奶、汽水之類，家裏都不預備。

魯迅先生陪客人到深夜，必同客人一道吃些點心。那餅乾就是從鋪子裏買來的，裝在餅乾盒子裏，到夜深許先生拿着碟子取出來，擺在魯迅先生的書桌上。吃完了，許先生打開立櫃再取一碟。還有向日葵子差不多每來客人必不可少。魯迅先生一邊抽着煙，一邊剝着瓜子吃，吃完了一碟魯迅先生必請許先生再拿一碟來。

魯迅先生備有兩種紙煙，一種價錢貴的，一種便宜的。便宜的是綠聽子的，我不認識那是甚麼牌子，只記得煙頭上帶着黃紙的嘴，每五十支的價錢大概是四角到五角，是魯迅先生自己平日用的。另一種是白聽子的，是前門煙，用來招待客人的，白聽煙放在魯迅先生書桌的抽屜裏。來客人魯迅先生下樓，把它帶到樓下去，客人走了，又帶回樓上來照樣放在抽屜裏。而綠聽子的永遠放在書桌上，是魯迅先生隨時吸着的。

魯迅先生的休息，不聽留聲機，不出去散步，也不倒在牀上睡覺，魯迅先生自己説：

「坐在椅子上翻一翻書就是休息了。」

魯迅先生從下午二三點鐘起就陪客人，陪到五點鐘，陪到六點鐘，客人若在家吃飯，吃完飯又必要在一起喝茶，或者剛剛吃完茶走了，或者還沒走又來了客人，於是又陪下去，陪到八點鐘，十點鐘，常常陪到十二點鐘。從下午三點鐘起，陪到夜裏十二點，這麼長的時間，魯迅先生都是坐在藤躺椅上，不斷地吸着煙。

　　客人一走，已經是下半夜了，本來已經是睡覺的時候了，可是魯迅先生正要開始工作。

　　在工作之前，他稍微闔一闔眼睛，燃起一支煙來，躺在牀邊上，這一支煙還沒有吸完，許先生差不多就在牀裏邊睡着了（許先生為甚麼睡得這樣快？因為第二天早晨六七點鐘就要來管理家務）。海嬰這時在三樓和保姆一道睡着了。

　　全樓都寂靜下去，窗外也一點聲音沒有了，魯迅先生站起來，坐到書桌邊，在那綠色的柸燈下開始寫文章了。許先生說雞鳴的時候，魯迅先生還是坐着，街上的汽車嘟嘟地叫起來了，魯迅先生還是坐着。

　　有時許先生醒了，看着玻璃窗白薩薩的了，燈光也不顯得怎麼亮了，魯迅先生的背影不像夜裏那樣高大。

　　魯迅先生的背影是灰黑色的，仍舊坐在那裏。

　　人家都起來了，魯迅先生才睡下。

　　海嬰從三樓下來了，背着書包，保姆送他到學校去，經過魯迅先生的門前，保姆總是吩咐他說：

　　「輕一點走，輕一點走。」

　　魯迅先生剛一睡下，太陽就高起來了，太陽照着隔院子的人家，明亮亮的，照着魯迅先生花園的夾竹桃，明亮亮的。

魯迅先生的書桌整整齊齊的，寫好的文章壓在書下邊，毛筆在燒瓷的小龜背上站着。

一雙拖鞋停在牀下，魯迅先生在枕頭上邊睡着了。

魯迅先生喜歡吃一點酒，但是不多吃，吃半小碗或一碗。魯迅先生吃的是中國酒，多半是花雕。

老靶子路有一家小吃茶店，只有門面一間，在門面裏邊設座，座少，安靜，光線不充足，有些冷落。魯迅先生常到這裏吃茶店來，有約會多半是在這裏邊，老闆是猶太人也許是白俄，胖胖的，中國話大概他聽不懂。

魯迅先生這一位老人，穿着布袍子，有時到這裏來，泡一壺紅茶，和青年人坐在一道談了一兩個鐘頭。

有一天魯迅先生的背後那茶座裏邊坐着一位摩登女子，身穿紫裙子、黃衣裳、頭戴花帽子……那女子臨走時，魯迅先生一看她，用眼瞪着她，很生氣地看了她半天。而後說：

「是做甚麼的呢？」

魯迅先生對於穿着紫裙子、黃衣裳、花帽子的人就是這樣看法的。

鬼到底是有的沒有的？傳說上有人見過，還跟鬼說過話，還有人被鬼在後邊追趕過，吊死鬼一見了人就貼在牆上。但沒有一個人捉住一個鬼給大家看看。

魯迅先生講了他看見過鬼的故事給大家聽：

「是在紹興……」魯迅先生說，「三十年前……」

那時魯迅先生從日本讀書回來，在一個師範學堂裏也不知是甚麼學堂裏教書，晚上沒有事時，魯迅先生總是到朋友

家去談天。這朋友住的離學堂幾里路，幾里路不算遠，但必得經過一片墳地。談天有的時候就談得晚了，十一二點鐘才回學堂的事也常有，有一天魯迅先生就回去得很晚，天空有很大的月亮。

魯迅先生向着歸路走得很起勁時，往遠處一看，遠遠有一個白影。

魯迅先生不相信鬼的，在日本留學時是學的醫，常常把死人抬來解剖的，魯迅先生解剖過二十幾個，不但不怕鬼，對死人也不怕，所以對墳地也就根本不怕。仍舊是向前走的。

走了不幾步，那遠處的白影沒有了，再看突然又有了。並且時小時大，時高時低，正和鬼一樣。鬼不就是變幻無常的嗎？

魯迅先生有點躊躇了，到底向前走呢，還是回過頭來走？本來回學堂不止這一條路，這不過是最近的一條就是了。

魯迅先生仍是向前走，到底要看一看鬼是甚麼樣，雖然那時候也怕了。

魯迅先生那時從日本回來不久，所以還穿着硬底皮鞋。魯迅先生決心要給那鬼一個致命的打擊，等走到那白影旁邊時，那白影縮小了，蹲下了，一聲不響地靠住了一個墳堆。

魯迅先生就用了他的硬皮鞋踢了出去。

那白影噢的一聲叫起來，隨着就站起來，魯迅先生定眼看去，他卻是個人。

魯迅先生說在他踢的時候，他是很害怕的，好像若一

下不把那東西踢死，自己反而會遭殃的，所以用了全力踢出去。

原來是個盜墓子的人在墳場上半夜做着工作。

魯迅先生說到這裏就笑了起來。

「鬼也是怕踢的，踢他一腳就立刻變成人了。」

我想，倘若是鬼常常讓魯迅先生踢踢倒是好的，因為給了他一個做人的機會。

從福建菜館叫的菜，有一碗魚做的丸子。

海嬰一吃就說不新鮮，許先生不信，別的人也都不信。因為那丸子有的新鮮，有的不新鮮，別人吃到嘴裏的恰好都是沒有改味的。

許先生又給海嬰一個，海嬰一吃，又不是好的，他又嚷嚷着。別人都不注意，魯迅先生把海嬰碟裏的拿來嚐嚐，果然不是新鮮的。魯迅先生說：

「他說不新鮮，一定也有他的道理，不加以查看就抹殺是不對的。」

……

以後我想起這件事來，私下和許先生談過，許先生說：「周先生的做人，真是我們學不了的。哪怕一點點小事。」

魯迅先生包一個紙包也要包得整整齊齊，常常把要寄出的書，魯迅先生從許先生手裏拿過來自己包，許先生本來包得多麼好，而魯迅先生還要親自動手。

魯迅先生把書包好了，用細繩捆上，那包方方正正的，連一個角也不准歪一點或扁一點，而後拿着剪刀，把捆書的那繩頭都剪得整整齊齊。

就是包這書的紙都不是新的，都是從街上買東西回來留下來的。許先生上街回來把買來的東西一打開隨手就把包東西的牛皮紙摺起來，隨手把小細繩捲了一個卷。若小細繩上有一個疙瘩，也要隨手把它解開的。準備着隨時用隨時方便。

魯迅先生住的是大陸新村九號。

一進弄堂口，滿地鋪着大方塊的水門汀，院子裏不怎樣嘈雜，從這院子出入的有時候是外國人，也能夠看到外國小孩在院子裏零星地玩着。

魯迅先生隔壁掛着一塊大的牌子，上面寫着一個「茶」字。

在一九三五年十月一日。

魯迅先生的客廳裏擺着長桌，長桌是黑色的，油漆不十分新鮮，但也並不破舊，桌上沒有鋪甚麼桌布，只在長桌的當處擺着一個綠豆青色的花瓶，花瓶裏長着幾株大葉子的萬年青。圍着長桌有七八張木椅子。尤其是在夜裏，全弄堂一點甚麼聲音也聽不到。

那夜，就和魯迅先生和許先生一道坐在長桌旁邊喝茶的。當夜談了許多關於偽滿洲國的事情，從飯後談起，一直談到九點鐘十點鐘而後到十一點鐘。時時想退出來，讓魯迅先生好早點休息，因為我看出來魯迅先生身體不大好，又加上聽許先生說過，魯迅先生傷風了一個多月，剛好了的。

但魯迅先生並沒有疲倦的樣子。雖然客廳裏也擺着一張可以臥倒的藤椅，我們勸他幾次想讓他坐在藤椅上休息一下，但是他沒有去，仍舊坐在椅子上。並且還上樓一次，去

加穿了一件皮袍子。

　　那夜魯迅先生到底講了些甚麼，現在記不起來了。也許想起來的不是那夜講的而是以後講的也說不定。過了十一點，天就落雨了，雨點淅瀝淅瀝地打在玻璃窗上，窗子沒有窗簾，所以偶一回頭，就看到玻璃窗上有小水流往下流。夜已深了，並且落了雨，心裏十分着急，幾次站起來想要走，但是魯迅先生和許先生一再說再坐一下：「十二點以前終歸有車子可搭的。」所以一直坐到將近十二點，才穿起雨衣來，打開客廳外邊的響着的鐵門，魯迅先生非要送到鐵門外不可。我想為甚麼他一定要送呢？對於這樣年輕的客人，這樣地送是應該的嗎？雨不會打濕了頭髮，受了寒傷風不又要繼續下去嗎？站在鐵門外邊，魯迅先生說，並且指着隔壁那家寫着「茶」字的大牌子：「下次來記住這個『茶』字，就是這個『茶』的隔壁。」而且伸出手去，幾乎是觸到了釘在鐵門旁邊的那個九號的「九」字，「下次來記住茶的旁邊九號。」

　　於是腳踏着方塊的水門汀，走出弄堂來，回過身去往院子裏邊看了一看，魯迅先生那一排房子統統是黑洞洞的，若不是告訴的那樣清楚，下次來恐怕要記不住的。

　　魯迅先生的臥室，一張鐵架大牀，牀頂上遮着許先生親手做的白布刺花的圍子，順着牀的一邊摺着兩牀被子，都是很厚的，是花洋布的被面。挨着門口的牀頭的方面站着抽屜櫃。一進門的左手擺着八仙桌，桌子的兩旁藤椅各一，立櫃站在和方桌一排的牆角，立櫃本是掛衣服的，衣裳卻很少，都讓糖盒子、餅乾桶子、瓜子罐給塞滿了。有一次××老

闊的太太來拿版權的圖章花，魯迅先生就從立櫃下邊大抽屜裏取出的。沿着牆角往窗子那邊走，有一張裝飾枱，桌子上有一個方形的滿浮着綠草的玻璃養魚池，裏邊游着的不是金魚而是灰色的扁肚子的小魚。除了魚池之外另有一隻圓的錶，其餘那上邊滿裝着書。鐵牀架靠窗子的那頭的書櫃裏書櫃外都是書。最後是魯迅先生的寫字枱，那上邊也都是書。

魯迅先生家裏，從樓上到樓下，沒有一個沙發。魯迅先生工作時坐的椅子是硬的，到樓下陪客人時坐的椅子又是硬的。

魯迅先生的寫字枱面向着窗子，上海弄堂房子的窗子差不多滿一面牆那麼大，魯迅先生把它關起來，因為魯迅先生工作起來有一個習慣，怕吹風，風一吹，紙就動，時時防備着紙跑，文章就寫不好。所以屋子裏熱得和蒸籠似的，請魯迅先生到樓下去，他又不肯，魯迅先生的習慣是不換地方。有時太陽照進來，許先生勸他把書桌移開一點都不肯。只有滿身流汗。

魯迅先生的寫字桌，鋪了張藍格子的油漆布，四角都用圖釘按着。桌子上有小硯台一方，墨一塊，毛筆站在筆架上。筆架是燒瓷的，在我看來不很細緻，是一個龜，龜背上帶着好幾個洞，筆就插在那洞裏。魯迅先生多半是用毛筆的，鋼筆也不是沒有，是放在抽屜裏。桌上有一個方大的白瓷的煙灰盒，還有一個茶杯，杯子上戴着蓋。

魯迅先生的習慣與別人不同，寫文章用的材料和來信都壓在桌子上，把桌子都壓得滿滿的，幾乎只有寫字的地方可以伸開手，其餘桌子的一半被書或紙張佔有着。

左手邊的桌角上有一個帶綠燈罩的枱燈，那燈泡是橫着裝的，在上海那是極普通的枱燈。

冬天在樓上吃飯，魯迅先生自己拉着電線把枱燈的機關從棚頂的燈頭上拔下，而後裝上燈泡子。等飯吃過，許先生再把電線裝起來，魯迅先生的枱燈就是這樣做成的，拖着一根長長的電線在棚頂上。

魯迅先生的文章，多半是在這枱燈下寫。因為魯迅先生的工作時間，多半是下半夜一兩點起，天將明了休息。

臥室就是如此，牆上掛着海嬰公子一個月嬰孩的油畫像。

挨着臥室的後樓裏邊，完全是書了，不十分整齊，報紙和雜誌或洋裝的書，都混在這間屋子裏，一走進去多少還有些紙張氣味。地板被書遮蓋得太小了，幾乎沒有了，大網籃也堆在書中。牆上拉着一條繩子或者是鐵絲，就在那上邊繫了小提盒、鐵絲籠之類。風乾荸薺就盛在鐵絲籠，扯着的那鐵絲幾乎被壓斷了在彎彎着。一推開藏書室的窗子，窗子外邊還掛着一筐風乾荸薺。

「吃吧，多得很，風乾的，格外甜。」許先生說。

樓下廚房傳來了煎菜的鍋鏟的響聲，並且兩個年老的娘姨慢重重地在講一些甚麼。

廚房是家庭最熱鬧的一部分。整個三層樓都是靜靜的，喊娘姨的聲音沒有，在樓梯上跑來跑去的聲音沒有。魯迅先生家裏五六間房子只住着五個人，三位是先生的全家，餘下的二位是年老的女傭人。

來了客人都是許先生親自倒茶，即或是麻煩到娘姨時，

也是許先生下樓去吩咐，絕沒有站到樓梯口就大聲呼喚的時候。所以整個房子都在靜悄悄之中。

只有廚房比較熱鬧了一點，自來水嘩嘩地流着，洋瓷盆在水門汀的水池子上每拖一下磨着嚓嚓地響，洗米的聲音也是嚓嚓的。魯迅先生很喜歡吃竹筍的，在菜板上切着筍片筍絲時，刀刃每劃下去都是很響的。其他比起別人家的廚房來卻冷清極了，所以洗米聲和切筍聲都分開來聽得樣樣清清晰晰。

客廳的一邊擺着並排的兩個書架，書架是帶玻璃櫥的，裏邊有朵斯托益夫斯基④的全集和別的外國作家的全集，大半都是日文譯本。地板上沒有地毯，但擦得非常乾淨。

海嬰公子的玩具櫥也站在客廳裏，裏邊是些毛猴子、橡皮人、火車汽車之類，裏邊裝得滿滿的，別人是數不清的，只有海嬰自己伸手到裏邊找些甚麼就有甚麼。過新年時在街上買的兔子燈，紙毛上已經落了灰塵了，仍擺在玩具櫥頂上。

客廳只有一個燈頭，大概五十燭光。客廳的後門對着上樓的樓梯，前門一打開有一個一方丈大小的花園，花園裏沒有甚麼花看，只有一株很高的七八尺高的小樹，大概那樹是柳桃，一到了春天，容易生長蚜蟲，忙得許先生拿着噴蚊蟲的機器，一邊陪着談話，一邊噴着殺蟲藥水。沿着牆根，種

---

④　朵斯托益夫斯基（1821 – 1881），陀斯妥耶夫斯基的舊譯，十九世紀俄國卓越的文學家，代表作品有《罪與罰》等。

了一排玉米，許先生說：「這玉米長不大的，這土是沒有養料的，海嬰一定要種。」

春天，海嬰在花園裏掘着泥沙，培植着各種玩藝。

三樓則特別靜了，向着太陽開着兩扇玻璃門，門外有一個水門汀的突出的小廊子，春天很溫暖地撫摸着門口長垂着的簾子，有時簾子被風打得很高，飄揚的飽滿的和大魚泡似的。那時候隔院的綠樹照進玻璃門扇裏邊來了。

海嬰坐在地板上裝着小工程師在修着一座樓房，他那樓房是用椅子橫倒了架起來修的，而後遮起一張被單來算作屋瓦，全個房子在他自己拍着手的讚譽聲中完成了。

這間屋感到些空曠和寂寞，既不像女工住的屋子，又不像兒童室。海嬰的眠牀靠着屋子的一邊放着，那大圓頂帳子日裏也不打起來，長拖拖的好像從棚頂一直拖到地板上，那牀是非常講究的，屬於刻花的木器一類的。許先生講過，租這房子時，從前一個房客轉留下來的。海嬰和他的保姆，就睡在五六尺寬的大牀上。

冬天燒過的火爐，三月裏還冷冰冰地在地板上站着。

海嬰不大在三樓上玩的，除了到學校去，就是在院裏踏腳踏車，他非常歡喜跑跳，所以廚房、客廳、二樓，他是無處不跑的。

三樓整天在高處空着，三樓的後樓住着另一個老女工，一天很少上樓來，所以樓梯擦過後，一天到晚乾淨得溜明。

一九三六年三月裏魯迅先生病了，靠在二樓的躺椅上，心臟跳動得比平日厲害，臉色略微灰了一點。

許先生正相反的，臉色是紅的，眼睛顯得大了，講話的

聲音是平靜的，態度並沒有比平日慌張。在樓下一走進客廳來許先生就告訴說：

「周先生病了，氣喘……喘得厲害，在樓上靠在躺椅上。」

魯迅先生呼喘的聲音，不用走到他的旁邊，一進了臥室就聽得到的。鼻子和鬍鬚在搧着，胸部一起一落。眼睛閉着，差不多永久不離開手的紙煙，也放棄了。藤椅後邊靠着枕頭，魯迅先生的頭有些向後，兩隻手空閒地垂着。眉頭仍和平日一樣沒有聚皺，臉上是平靜的，舒展的，似乎並沒有任何痛苦加在身上。

「來了吧？」魯迅先生睜一睜眼睛，「不小心，着了涼呼吸困難……到藏書的房子去翻一翻書……那房子因為沒有人住，特別涼……回來就……」

許先生看周先生說話吃力，趕緊接着說周先生是怎樣氣喘的。

醫生看過了，吃了藥，但喘並未停。下午醫生又來過，剛剛走。

臥室在黃昏裏邊一點一點地暗下去，外邊起了一點小風，隔院的樹被風搖着發響。別人家的窗子有的被風打着發出自動關開的響聲，家家的流水道都是嘩啦嘩啦地響着水聲，一定是晚餐之後洗着杯盤的剩水。晚餐後該散步的散步去了，該會朋友的會朋友去了，弄堂裏來去的稀疏不斷地走着人，而娘姨們還沒有解掉圍裙呢，就依着後門彼此搭訕起來。小孩子們三五一伙前門後門地跑着，弄堂外汽車穿來穿去。

魯迅先生坐在躺椅上，沉靜地，不動地闔着眼睛，略微

灰了的臉色被爐裏的火染紅了一點。紙煙聽子蹲在書桌上，蓋着蓋子，茶杯也蹲在桌子上。

許先生輕輕地在樓梯上走着，許先生一到樓下去，二樓就只剩了魯迅先生一個人坐在椅子上，呼喘把魯迅先生的胸部有規律性地抬得高高的。

「魯迅先生必得休息的。」須藤醫生這樣說的。可是魯迅先生從此不但沒有休息，並且腦子裏所想的更多了，要做的事情都像非立刻就做不可，校《海上述林》的校樣，印珂勒惠支的畫，翻譯《死魂靈》下部，剛好了，這些就都一起開始了，還計算着出三十年集（即《魯迅全集》）。

魯迅先生感到自己的身體不好，就更沒有時間注意身體，所以要多做，趕快做。當時大家不解其中的意思，都以為魯迅先生對於休息不以為然，後來讀了魯迅先生《死》的那篇文章才了然了。

魯迅先生知道自己的健康不成了，工作的時間沒有幾年了，死了是不要緊的，只要留給人類更多，魯迅先生就是這樣。

不久書桌上德文字典和日文字典都擺起來了，果戈里的《死魂靈》，又開始翻譯了。

魯迅先生的身體不大好，容易傷風，傷風之後，照常要陪客人，回信，校稿子。所以傷風之後總要拖下去一個月或半個月的。

瞿秋白的《海上述林》校樣，一九三五年冬，一九三六年的春天，魯迅先生不斷地校着，幾十萬字的校樣，要看三遍，而印刷所送校樣來總是十頁八頁的，並不是統統一道

地送來，所以魯迅先生不斷地被這校樣催索着，魯迅先生竟説：

「看吧，一邊陪着你們談話，一邊看校樣，眼睛可以看，耳朵可以聽⋯⋯」

有時客人來了，一邊説着笑話，魯迅先生一邊放下了筆。有的時候也説：「剩幾個字了⋯⋯請坐一坐⋯⋯」

一九三五年冬天許先生説：

「周先生的身體是不如從前了。」

有一次魯迅先生到飯館裏去請客，來的時候興致很好，還記得那次吃了一隻烤鴨子，整個的鴨子用大鋼叉子叉上來時，大家看這鴨子烤的又油又亮的，魯迅先生也笑了。

菜剛上滿了，魯迅先生就到躺椅上吸一支煙，並且闔一闔眼睛。一吃完了飯，有的喝多了酒的，大家都亂鬧了起來，彼此搶着蘋果，彼此諷刺着玩，説着一些人可笑的話。而魯迅先生這時候，坐在躺椅上，闔着眼睛，很莊嚴地在沉默着，讓拿在手上紙煙的煙絲，裊裊地上升着。

別人以為魯迅先生也是喝多了酒吧！

許先生説，並不的。

「周先生的身體是不如從前了，吃過了飯總要閉一閉眼睛稍微休息一下，從前一向沒有這習慣。」

周先生從椅子上站起來了，大概説他喝多了酒的話讓他聽到了。

「我不多喝酒的。小的時候，母親常提到父親喝了酒，脾氣怎樣壞，母親説，長大了不要喝酒，不要像父親那樣子⋯⋯所以我不多喝的⋯⋯從來沒喝醉過⋯⋯」

魯迅先生休息好了，換了一支煙，站起來也去拿蘋果吃，可是蘋果沒有了。魯迅先生說：

「我爭不過你們了，蘋果讓你們搶沒了。」

有人搶到手的還在保存着的蘋果，奉獻出來，魯迅先生沒有吃，只在吸煙。

一九三六年春，魯迅先生的身體不大好，但沒有甚麼病，吃過了夜飯，坐在躺椅上，總要閉一閉眼睛沉靜一會。

許先生對我說，周先生在北平時，有時開着玩笑，手按着桌子一躍就能夠躍過去，而近年來沒有這麼做過。大概沒有以前那麼靈便了。

這話許先生和我是私下講的：魯迅先生沒有聽見，仍靠在躺椅上沉默着呢。

許先生開了火爐門，裝着煤炭嘩嘩地響，把魯迅先生震醒了。一講起話來魯迅先生的精神又照常一樣。

魯迅先生睡在二樓的牀上已經一個多月了，氣喘雖然停止，但每天發熱，尤其是在下午熱度總在三十八度三十九度之間，有時也到三十九度多。那時魯迅先生的臉是微紅的，目力是疲弱的，不吃東西，不大多睡，沒有一些呻吟，似乎全身都沒有甚麼痛楚的地方。躺在牀上的時候張開眼睛看着，有的時候似睡非睡的安靜地躺着，茶吃得很少。差不多一刻也不停地吸煙，而今幾乎完全放棄了，紙煙聽子不放在牀邊，而仍很遠地蹲在書桌上，若想吸一支，是請許先生付給的。

許先生從魯迅先生病起，更過度地忙了。按着時間給魯迅先生吃藥，按着時間給魯迅先生試溫度表，試過了之後還

要把一張醫生發給的表格填好，那表格是一張硬紙，上面畫了無數根線，許先生就在這張紙上拿着米度尺畫着度數，那表面畫得和尖尖的小山丘似的，又像尖尖的水晶石，高的低的一排連一排地站着。許先生雖每天畫，但那像是一條接連不斷的線，不過從低處到高處，從高處到低處，這高峯越高越不好，也就是魯迅先生的熱度越高了。

　　來看魯迅先生的人，多半都不到樓上來了，為的請魯迅先生好好地靜養，所以把陪客人這些事也推到許先生身上來了。還有書、報、信，都要許先生看過，必要的就告訴魯迅先生，不十分必要的，就先把它放在一處放一放，等魯迅先生好些了再取出來交給他。然而這家庭裏邊還有許多瑣事，比方年老的娘姨病了，要請兩天假；海嬰的牙齒脫掉一個要到牙醫那裏去看過，但是帶他去的人沒有，又得許先生。海嬰在幼稚園裏讀書，又是買鉛筆，買皮球，還有臨時出些個花頭，跑上樓來了，說要吃甚麼花生糖，甚麼牛奶糖，他上樓來是一邊跑着一邊喊着，許先生連忙拉住了他，拉他下了樓才跟他講：

　　「爸爸病啦。」而後拿出錢來，囑咐好了娘姨，只買幾塊糖而不准讓他格外的多買。

　　收電燈費的來了，在樓下一打門，許先生就得趕快往樓下跑，怕的是再多打幾下，就要驚醒了魯迅先生。

　　海嬰最喜歡聽講故事，這也是無限的麻煩，許先生除了陪海嬰講故事之外，還要在長桌上偷一點工夫來看魯迅先生為有病耽擱下來尚未校完的校樣。

　　在這期間，許先生比魯迅先生更要擔當一切了。

魯迅先生吃飯，是在樓上單開一桌，那僅僅是一個方木桌，許先生每餐親手端到樓上去，每樣都用小吃碟盛着，那小吃碟直徑不過二寸，一碟豌豆苗或菠菜或莧菜，把黃花魚或者雞之類也放在小碟裏端上樓去。若是雞，那雞也是全雞身上最好的一塊地方揀下來的肉；若是魚，也是魚身上最好一部分，許先生才把它揀下放在小碟裏。

許先生用筷子來回地翻着樓下的飯桌上菜碗裏的東西，菜揀嫩的，不要莖，只要葉，魚肉之類，揀燒得軟的，沒有骨頭沒有刺的。

心裏存着無限的期望，無限的要求，用了比祈禱更虔誠的目光，許先生看着她自己手裏選得精精緻緻的菜盤子，而後腳板觸了樓梯上了樓。

希望魯迅先生多吃一口，多動一動筷，多喝一口雞湯。雞湯和牛奶是醫生所囑的，一定要多吃一些的。

把飯送上去，有時許先生陪在旁邊，有時走下樓來又做些別的事，半個鐘頭之後，到樓上去取這盤子。這盤子裝得滿滿的，有時竟照原樣一動也沒有動又端下來了，這時候許先生的眉頭微微地皺了一點。旁邊若有甚麼朋友，許先生就說：「周先生的熱度高，甚麼也吃不落，連茶也不願意吃，人很苦，人很吃力。」

有一天許先生用波浪式的專門切麵包的刀切着麵包，是在客廳後邊方桌上切的，許先生一邊切着一邊對我說：

「勸周先生多吃東西，周先生說，人好了再保養，現在勉強吃也是沒有用的。」

許先生接着似乎問着我：

「這也是對的？」

而後把牛奶麵包送上樓去了。一碗燒好的雞湯，從方盤裏許先生把它端出來了，就擺在客廳後的方桌上。許先生上樓去了，那碗熱的雞湯在方桌上自己悠然地冒着熱氣。

許先生由樓上回來還説呢：

「周先生平常就不喜歡吃湯之類，在病裏，更勉強不下了。」

許先生似乎安慰着自己似的。

「周先生人強，喜歡吃硬的，油炸的，就是吃飯也喜歡吃硬飯……」

許先生樓上樓下地跑，呼吸有些不平靜，坐在她旁邊，似乎可以聽到她心臟的跳動。

魯迅先生開始獨桌吃飯以後，客人多半不上樓來了，經許先生婉言把魯迅先生健康的經過報告了之後就走了。

魯迅先生在樓上一天一天地睡下去，睡了許多日子，都寂寞了，有時大概熱度低了點就問許先生：

「甚麼人來過嗎？」

看魯迅先生好些，就一一地報告過。

有時也問到有甚麼刊物來嗎？

魯迅先生病了一個多月了。

證明了魯迅先生是肺病，並且是肋膜炎，須藤老醫生每天來了，為魯迅先生把肋膜積水用打針的方法抽淨，共抽過兩三次。

這樣的病，為甚麼魯迅先生一點也不曉得呢？許先生説，周先生有時覺得肋痛了就自己忍着不説，所以連許先生

也不知道，魯迅先生怕別人曉得了又要不放心，又要看醫生，醫生一定又要說休息。魯迅先生自己知道做不到的。

福民醫院美國醫生的檢查，說魯迅先生肺病已經二十年了。這次發了怕是很嚴重。

醫生規定個日子，請魯迅先生到福民醫院去詳細檢查，要照 X 光的。

但魯迅先生當時就下樓是下不得的，又過了許多天，魯迅先生到福民醫院去檢查病去了。照 X 光後給魯迅先生照了一個全部的肺部的照片。

這照片取來的那天許先生在樓下給大家看了，右肺的上尖是黑的，中部也黑了一塊，左肺的下半部都不大好，而沿着左肺的邊邊黑了一大圈。

這之後，魯迅先生的熱度仍高，若再這樣熱度不退，就很難抵抗了。

那查病的美國醫生，只查病，而不給藥吃，他相信藥是沒有用的。

須藤老醫生，魯迅先生早就認識，所以每天來，他給魯迅先生吃了些退熱藥，還吃停止肺病菌活動的藥。他說若肺不再壞下去，就停止在這裏，熱自然就退了，人是不危險的。

在樓下的客廳裏，許先生哭了。許先生手裏拿着一團毛線，那是海嬰的毛線衣拆了洗過之後又團起來的。

魯迅先生在無慾望狀態中，甚麼也不吃，甚麼也不想，睡覺似睡非睡的。

天氣熱起來了，客廳的門窗都打開着，陽光跳躍在門外

的花園裏。麻雀來了停在夾竹桃上叫了三兩聲就飛去，院子裏的小孩們唧唧喳喳地玩耍着，風吹進來好像帶着熱氣，撲到人的身上，天氣剛剛發芽的春天，變為夏天了。

樓上老醫生和魯迅先生談話的聲音隱約可以聽到。

樓下又來客人，來的人總要問：

「周先生好一點嗎？」

許先生照常說：「還是那樣子。」

但今天說了眼淚又流了滿臉。一邊拿起杯子來給客人倒茶，一邊用左手拿着手帕按着鼻子。

客人問：

「周先生又不大好嗎？」

許先生說：

「沒有的，是我心窄。」

過了一會魯迅先生要找甚麼東西，喊許先生上樓去，許先生連忙擦着眼睛，想說她不上樓的，但左右看了一看，沒有人能代替了她，於是帶着她那團還沒有纏完的毛線球上樓去了。

樓上坐着老醫生，還有兩位探望魯迅先生的客人。許先生一看了他們就自己低了頭不好意思地笑了，她不敢到魯迅先生的面前去，背轉着身問魯迅先生要甚麼呢，而後又是慌忙地把毛線纏掛在手上纏了起來。

一直到送老醫生下樓，許先生都是把背向着魯迅先生而站着的。

每次老醫生走，許先生都是替老醫生提着皮提包送到前門外的。許先生愉快地、沉靜地帶着笑容打開鐵門閂，很恭

敬地把皮包交給老醫生，眼看着老醫生走了才進來關了門。

這老醫生出入在魯迅先生的家裏，連老娘姨對他都是尊敬的，醫生從樓上下來時，娘姨若在樓梯的半道，趕快下來躲開，站到樓梯的旁邊。有一天老娘姨端着一個杯子上樓，樓上醫生和許先生一道下來了，那老娘姨躲閃不靈，急得把杯裏的茶都顛出來了。等醫生走過去，已經走出了前門，老娘姨還在那裏呆呆地望着。

「周先生好了點吧？」

有一天許先生不在家，我問着老娘姨。她說：

「誰曉得，醫生天天看過了不聲不響地就走了。」

可見老娘姨對醫生每天是懷着期望的眼光看着他的。

許先生很鎮靜，沒有紊亂的神色，雖然説那天當着人哭過一次，但該做甚麼，仍是做甚麼，毛線該洗的已經洗了，曬的已經曬起，曬乾了的隨手就把它團起團子。

「海嬰的毛線衣，每年拆一次，洗過之後再重打起，人一年一年地長，衣裳一年穿過，一年就小了。」

在樓下陪着熟的客人，一邊談着，一邊開始手裏動着竹針。

這種事情許先生是偷空就做的，夏天就開始預備着冬天的，冬天就做夏天的。

許先生自己常常説：

「我是無事忙。」

這話很客氣，但忙是真的，每一餐飯，都好像沒有安靜地吃過。海嬰一會要這個，要那個；若一有客人，上街臨時買菜，下廚房煎炒還不説，就是擺到桌子上來，還要從菜碗

裏為着客人選好的夾過去。飯後又是吃水果，若吃蘋果還要把皮削掉，若吃荸薺看客人削得慢而不好也要削了送給客人吃，那時魯迅先生還沒有生病。

許先生除了打毛線衣之外，還用機器縫衣裳，剪裁了許多件海嬰的內衫褲在窗下縫。

因此許先生對自己忽略了，每天上下樓跑着，所穿的衣裳都是舊的，次數洗得太多，鈕扣都洗脫了，也磨破了，都是幾年前的舊衣裳，春天時許先生穿了一個紫紅寧綢袍子，那料子是海嬰在嬰孩時候別人送給海嬰做被子的禮物。做被子，許先生説很可惜，就揀起來做一件袍子。正説着，海嬰來了，許先生使眼神，且不要提到，若提到海嬰又要麻煩起來了，一要説是他的，他就要要。

許先生冬天穿一雙大棉鞋，是她自己做的。一直到二三月早晚冷時還穿着。

有一次我和許先生在小花園裏拍一張照片，許先生説她的鈕扣掉了，還拉着我站在她前邊遮着她。

許先生買東西也總是到便宜的店鋪去買，再不然，到減價的地方去買。

處處儉省，把儉省下來的錢，都印了書和印了畫。

現在許先生在窗下縫着衣裳，機器聲格噠格噠的，震着玻璃門有些顫抖。

窗外的黃昏，窗內許先生低着的頭，樓上魯迅先生的咳嗽聲，都攪混在一起了，重續着、埋藏着力量。在痛苦中，在悲哀中，一種對於生的強烈的願望站得和強烈的火焰那樣堅定。

許先生的手指把捉了在縫的那張布片，頭有時隨着機器的力量低沉了一兩下。

許先生的面容是寧靜的、莊嚴的、沒有恐懼的，她坦蕩地在使用着機器。

海嬰在玩着一大堆黃色的小藥瓶，用一個紙盒子盛着，端起來樓上樓下地跑。向着陽光照是金色的，平放着是咖啡色的，他召集了小朋友來，他向他們展覽，向他們誇耀，這種玩藝只有他有而別人不能有。他說：

「這是爸爸打藥針的藥瓶，你們有嗎？」

別人不能有，於是他拍着手驕傲地呼叫起來。

許先生一邊招呼着他，不叫他喊，一邊下樓來了。

「周先生好了些？」

見了許先生大家都是這樣問的。

「還是那樣子。」許先生說，隨手抓起一個海嬰的藥瓶來，「這不是麼，這許多瓶子，每天打針，藥瓶也積了一大堆。」

許先生一拿起那藥瓶，海嬰上來就要過去，很寶貴地趕快把那小瓶擺到紙盒裏。

在長桌上擺着許先生自己親手做的蒙着茶壺的棉罩子，從那藍緞子的花罩下拿着茶壺倒着茶。

樓上樓下都是靜的了，只有海嬰快活地和小朋友們的吵嚷躲在太陽裏跳盪。

海嬰每晚臨睡時必向爸爸媽媽說：「明朝會！」

有一天他站在上三樓去的樓梯口上喊着：

「爸爸，明朝會！」

魯迅先生那時正病的沉重，喉嚨裏邊似乎有痰，那回答的聲音很小，海嬰沒有聽到，於是他又喊：

　　「爸爸，明朝會！」他等一等，聽不到回答的聲音，他就大聲地連串地喊起來：

　　「爸爸，明朝會，爸爸，明朝會，……爸爸，明朝會……」

　　他的保姆在前邊往樓上拖他，説是爸爸睡下了，不要喊了。可是他怎麼能夠聽呢，仍舊喊。

　　這時魯迅先生説「明朝會」，還沒有説出來喉嚨裏邊就像有東西在那裏堵塞着，聲音無論如何放不大。到後來，魯迅先生掙扎着把頭抬起來才很大聲地説出：

　　「明朝會，明朝會。」

　　説完了就咳嗽起來。

　　許先生被驚動得從樓下跑來了，不住地訓斥着海嬰。

　　海嬰一邊哭着一邊上樓去了，嘴裏嘮叨着：

　　「爸爸是個聾人哪！」

　　魯迅先生沒有聽到海嬰的話，還在那裏咳嗽着。

　　魯迅先生在四月裏，曾經好了一點，有一天下樓去赴一個約會，把衣裳穿得整整齊齊，手下夾着黑花布包袱，戴起帽子來，出門就走。

　　許先生在樓下正陪客人，看魯迅先生下來了，趕快説：

　　「走不得吧，還是坐車子去吧。」

　　魯迅先生説：「不要緊，走得動的。」

　　許先生再加以勸説，又去拿零錢給魯迅先生帶着。

　　魯迅先生説不要不要，堅決地走了。

「魯迅先生的脾氣很剛強。」

許先生無可奈何的，只説了這一句。

魯迅先生晚上回來，熱度增高了。

魯迅先生説：

「坐車子實在麻煩，沒有幾步路，一走就到。還有，好久不出去，願意走走……動一動就出毛病……還是動不得……」

病壓服着魯迅先生又躺下了。

七月裏，魯迅先生又好些。

藥每天吃，記温度的表格照例每天好幾次在那裏畫，老醫生還是照常地來，説魯迅先生就要好起來了。説肺部的菌已經停止了一大半，肋膜也好了。

客人來差不多都要到樓上來拜望拜望。魯迅先生帶着久病初癒的心情，又談起話來，披了一張毛巾子坐在躺椅上，紙煙又拿在手裏了，又談翻譯，又談某刊物。

一個月沒有上樓去，忽然上樓還有些心不安，我一進臥室的門，覺得站也沒地方站，坐也不知坐在哪裏。

許先生讓我吃茶，我就依着桌子邊站着，好像沒有看見那茶杯似的。

魯迅先生大概看出我的不安來了，便説：

「人瘦了，這樣瘦是不成的，要多吃點。」

魯迅先生又在説玩笑話了。

「多吃就胖了，那麼周先生為甚麼不多吃點？」

魯迅先生聽了這話就笑了，笑聲是明朗的。

從七月以後魯迅先生一天天地好起來了，牛奶，雞湯之

類，為了醫生所囑也隔三差五地吃着，人雖是瘦了，但精神是好的。

魯迅先生說自己體質的本質是好的，若差一點的，就讓病打倒了。

這一次魯迅先生保持了很久時間，沒有下樓更沒有到外邊去過。

在病中，魯迅先生不看報，不看書，只是安靜地躺着。但有一張小畫是魯迅先生放在牀邊上不斷看着的。

那張畫，魯迅先生未生病時，和許多畫一道拿給大家看過的，小得和紙煙包裹抽出來的那畫片差不多。那上邊畫着一個穿大長裙子飛散着頭髮的女人在大風裏邊跑，在她旁邊的地面上還有小小的紅玫瑰的花朵。

記得是一張蘇聯某畫家着色的木刻。

魯迅先生有很多畫，為甚麼只選了這張放在枕邊。

許先生告訴我的，她也不知道魯迅先生為甚麼常常看這小畫。

有人來問他這樣那樣的，他說：

「你們自己學着做，若沒有我呢！」

這一次魯迅先生好了。

還有一樣不同的，覺得做事要多做……

魯迅先生以為自己好了，別人也以為魯迅先生好了。

準備冬天要慶祝魯迅先生工作三十年。

又過了三個月。

一九三六年十月十七日，魯迅先生病又發了，又是氣喘。

十七日，一夜未眠。

十八日，終日喘着。

十九日的下半夜，人衰弱到極點了。天將發白時，魯迅先生就像他平日一樣，工作完了，他休息了。

一九三九年十月

責任編輯：劉萄諾
封面設計：高　林
版式設計：鄧佩儀
排　版：陳美連
印　務：劉漢舉

名 家 散 文 必 讀 系 列

蕭 紅

作者　蕭紅

出版｜中華教育

香港北角英皇道 499 號北角工業大廈 1 樓 B 室
電話：(852) 2137 2338 傳真：(852) 2713 8202
電子郵件：info@chunghwabook.com.hk
網址：http://www.chunghwabook.com.hk

發行｜香港聯合書刊物流有限公司

香港新界荃灣德士古道 220-248 號 荃灣工業中心 16 樓
電話：（852）2150 2100　傳真：（852）2407 3062
電子郵件：info@suplogistics.com.hk

印刷｜美雅印刷製本有限公司

香港觀塘榮業街 6 號海濱工業大廈 4 樓 A 室

版次｜2022 年 12 月第 1 版第 1 次印刷
©2022 中華教育

規格｜32 開（195mm x 140mm）

ISBN｜978-988-8808-93-9

本書由天天出版社授權中華書局（香港）有限公司以中文繁體版在中國大陸以外地區使用並出版發行。
該版權受法律保護，未經同意，任何機構與個人不得複製、轉載。